万遍你,好好在一起

林熙 著

民主与建设出版社
·北京·

© 民主与建设出版社，2018

图书在版编目（CIP）数据

说一万遍我爱你，不如好好在一起 / 林熙著 . -- 北京：民主与建设出版社，2018.10

ISBN 978-7-5139-2300-2

Ⅰ . ①说… Ⅱ . ①林… Ⅲ . ①散文集—中国—当代 Ⅳ . ① I267

中国版本图书馆 CIP 数据核字 (2018) 第 212524 号

说一万遍我爱你，不如好好在一起
SHUOYIWANBIANWOAINI BURUHAOHAOZAIYIQI

出 版 人	李声笑
作　　者	林　熙
责任编辑	刘　芳
封面设计	门乃婷
出版发行	民主与建设出版社有限责任公司
电　　话	（010）59417747 59419778
社　　址	北京市海淀区西三环中路 10 号望海楼 E 座 7 层
邮　　编	100142
印　　刷	三河市华润印刷有限公司
版　　次	2018 年 11 月第 1 版
印　　次	2019 年 4 月第 2 次印刷
开　　本	880 mm × 1230 mm　1/32
印　　张	9
字　　数	220 千字
书　　号	ISBN 978-7-5139-2300-2
定　　价	42.00 元

注：如有印、装质量问题，请与出版社联系。

你说一个人单身太久是因为眼光太高,我说一个人单身太久是因为真爱太少。

成熟的一面是给外人看的,幼稚的一面是给熟人看的。

这个世界很大，遇见你，真好。

经历过感情中的大风大浪，才会看见彩虹的模样。

遇见爱情的时候，能用尽全力就不要放手，毕竟错过了，也许就不在了。

你是一个什么样的人,你就会和什么样的人在一起。感情还是理智点好,不合适永远都是不合适,再好看的皮囊,也抵不过漫长的岁月。

前　言

2015年过年的那天晚上，我给自己写了一篇文章，叫作《哈喽，2015》，我把它锁在QQ空间里，不允许任何人看到。时至如今，好像已经没有多少人记得原来QQ还有空间日志这个功能，甚至于我，都近乎快要遗忘了。

做自媒体的这两年，我陆陆续续地在公众号上写了很多文章，加起来可能有140多万字了。在这两年里，我一直都写着别人的故事，描述着别人的青春，勾画着别人的微笑与悲伤，渐渐地，我好像慢慢地忘记了自己。

2018年，1990年出生的我，按照南方的虚岁来说已经29

岁了。有时候，回想曾经，忍不住感叹一声，时间真的过得好快。那些与我同龄的朋友们都在做些什么？有的可能已经成家了，有的可能小孩都会打酱油了，有的可能还如我一般，正在已经逝去的青春里挣扎着，想要找到属于自己的人生。

写文章的时候，经常会碰到一些年轻人，他们会和我说，感觉年纪轻轻的自己特别彷徨，不知道自己想要什么，不知道未来可以期待什么，没有找到月薪好几万的工作，没有遇到长得好又宠爱自己的另一半，仿佛青春就是用来浪费的，毫无期待可言。

这些问题，我在年轻的时候也问过自己，甚至最近我也会问自己，我到底想要什么，追求什么，活着的价值又是什么。

后来我明白了，其实这些问题根本没有什么标准的答案，时间会一直推着你去找到属于你自己的答案，你总会在某个年龄，因为某一个契机，认识那个和你相伴一生的人。你也总会在某个时刻，找到那项适合你的事业，并且为之努力奋斗。

你所有曾经不能释怀的，最终都会慢慢淡然，时间会一直走，你也是如此，过去那些不好的曾经，放在时间的长河里回头看，你只会看到滚滚红尘，如同夜市里绚烂的霓虹灯，晃着你的眼睛，却也让你会心一笑，那是属于你的灯火。

这是我的第二本书，当我的编辑告诉我要写前言的时候，我突然被吓了一跳,"怎么又要写前言了,不是刚写完第一本的吗?""哦,我当初一口气签了两本来着呢。"我在内心给了自己答案。

有朋友问我,出书是一种怎么样的感觉,我说,那种感觉可能就是你对自己的人生有了一个交代,你可以在百度上查到你的书,你可以在新华书店找到你的书,你可以在机场找到你的书,感觉挺好。

朋友又问:"想过销量吗?万一卖得很惨会很沮丧吗?"我笑了笑,说:"并不会呢,在我的认识里,只要我的书,能被喜欢的人收藏,能放进一些人的书柜里,成为一些人的回忆,哪怕只卖出去100本,我也觉得足够了。"

在北京生活的那段日子里,一天晚上,约了朋友一起吃宵夜,聊天的时候聊到,你如今会觉得梦想是一件扯淡的事吗?

朋友说,以前觉得梦想就是选秀节目里用不烂的段子,现在觉得梦想其实是每个人心中的追求。不管你是想要成为暴发户,还是想要扬名立万,那都是你的欲望、你的梦想、你前进的动力。

梦想会随着年纪的变化而改变,但人一定都会有梦想,哪怕只是一件微不足道的小事。

也许很多年纪轻的朋友会觉得,在这个浮华的社会里谈梦想是一件很扯淡的事情，每天喝酒蹦迪都来不及，哪有时间考虑梦想。我说，你有没有想过，也许每天能喝酒蹦迪就是你目前的梦想呢。

毕竟，谁说梦想就非要是遥不可及的呢？

你要相信，你的爱情总会从梦想成为现实，而属于你的未来，也会从未来变成现实。

世界真的很大，多出去走走，多看看风景，用眼睛去领略，用心去记录，你会发现，其实生命很短，一生很快就会过去，如果你不抓紧做点什么，可能很快就会来不及了。

看过一部纪录片很多遍，里面有一句很经典的话："很多事现在不做，可能这辈子都不会去做了。"

朝着你想要的生活去前进吧，大胆地去做，不用担心后悔，也不用担心撞了南墙，做对了最好，做错了也无所谓。

未来会不会后悔，谁知道呢？

前行吧，青春。

林熙
2018年2月

目 录

Part1　从前不回头，往后不将就

我也想谈恋爱，可我不想再分手了 //002
"我从来不想独身，却有预感晚婚" //007
没遇到宠你的人以前，不如单身 //012
没有爱的婚姻，你嫁吗？ //017
愿你能遇见那个人，能让你相信爱情，相信婚姻 //023
我也觉得冷，但不会随便抱别人 //028
为什么还是单身，你眼光一定很高吧？ //033
我什么都不怕，就怕最后不是你 //038
为什么越来越多的女生喜欢单身？ //043

Part2　你可以做自己的贵族

永远记住，你很贵 //048

漂亮的女人就一定要找个富二代吗？ //053

你的眼里只有钱，好庸俗啊 //059

为什么要谈恋爱，一心只想赚钱 //065

一哄就好的人，活该你受尽委屈 //069

没有女朋友的男人，每一天都在浪费钱 //074

为什么女人都是购物狂？ //079

你养了自己那么多年，嫌过贵吗？ //083

让自己变珍贵的方法，就是要慢慢学会拒绝 //088

Part3　我在意的是，你对我的态度

能看穿你的逞强的男人，加一千分 //094

女人最讨厌小气的男人，不是因为他穷 //098

我在意的是，你对我的态度 //104

没有人是天生好脾气 //109

"分手吧，我父母不同意我们在一起" //114

不及时的情话，再温暖都不想要了 //120

谁还真缺你那点钱，要的只是你肯花钱的态度 //125

找一个会站在你的角度替你着想的人 //130

秒回，是最好的温柔 //136

Part4　你总会遇见一个人，心甘情愿对你好

谁喜欢异地恋，我只喜欢你 //142

宁愿跟你吵架，也不愿去爱别人 //147

多希望只是争吵，还能道歉和好 //152

我们都在等合适的人，却没有人愿意先改变自己 //157

你总会遇见一个人，心甘情愿对你好 //163

懂你情绪的男人，很高级 //168

你一定是被宠坏了，男朋友才要给你立规矩 //173

年纪大了就不想取悦谁，跟谁一起舒服就跟谁在一起 //179

Part5　我每天都在笑，你猜我过得好不好

心软和不好意思，真的会杀死自己 //184

人和人，刚认识的时候最好 //189

我每天都在笑，你猜我过得好不好 //194

一句"我喜欢你"，你对多少人说过 //200

爱情有多久的保质期呢？//205

熬夜和想你都该戒了 //210

女生的礼物很难送吗，为什么要问来问去？//216

别嫌我幼稚，我对不熟的人才会用脑子 //222

你怎么那么容易生气啊 //228

嘴硬的女生都是柔软的刺猬 //234

Part6　说一万遍我爱你，不如好好在一起

爱情的两种模样 //240
感情不是说说而已 //245
在有限的生命里做一个有趣的人 //250
不要每天和一个人聊天，久了会依赖成瘾 //255
只有好好爱自己，才有余力去爱别人 //260
要走的人血液里都带着风，等不到他的晚安就别等了 //265

Part1
从前不回头,往后不将就

说一万遍我爱你，不如好好在一起♡♡

我也想谈恋爱，可我不想再分手了

"一见钟情很简单，
三分钟热度也不难，
可就怕爱上以后的分开。"

1

有人说，单身久了的人会上瘾，仿佛得了单身癌，不想谈恋爱，不想找男朋友。

朋友说，不想谈恋爱是假，只是怕再经历一场分手。

看过身边朋友的一段感情，两个人彼此喜欢，也坚信着会白头偕老，可他们耗尽了全部的力气，最终换来的还是分手，输给了细节，也输给了一次次的争吵。

这些年，看惯了情侣间的分分合合，有太多的感情还没来得及磨合就散了，除了惋惜，连自己都好像害怕恋爱了。

原来不是所有的喜欢都能走到最后，原来不是所有的努力都能换回一个美好的结局。

开始一段感情真的很容易，只要两个人彼此喜欢就好，可结束一段感情却要耗尽所有的内力，仿佛瞬间被掏空了一样。

朋友说，每一次认真喜欢过后的分手，都会让我再也不想谈恋爱了，失恋的感觉真的太糟糕了，就像你所看到的世界每个角落都是灰色的，那种滋味，真的不想再尝试第二次了。

一见钟情很简单，三分钟热度也不难，可就怕爱上以后的分开。

2

谁都期待爱情，期待牵手就能到老的爱情。

记得有个粉丝问过我这样一个问题，她说，当一段感情出现很多的问题，出现疲惫和不愉快的时候，究竟应该分开还是将就着过下去。

我说，如果努力过很多次还是看不到未来的话，就早点分开吧，长痛不如短痛。感情里最怕的就是彼此拖着，跨不过阻碍，也看不到未来。

这也让越来越多单身的女性都不敢谈恋爱了，她们害怕。怕付出了感情，得不到钱，也得不到爱；怕付出了感情，收不到感动，还尽是失望；怕付出了感情，对方却不喜欢自己，空欢喜一场。

婷子说:"我也想谈恋爱,可如果这份爱情不够好的话,我就不想要了,分分合合真的太累了,我不想承受分手的痛,我只想谈一场不分手的恋爱。"

我不要爱情有多完美,我只是希望能永远不分开。

其实啊,女生对爱情的要求真的不多,她们在单身的时候越挑、越谨慎,越能证明她们对待爱情认真的态度。

她们不愿意轻易开始一段感情,可她们比谁都渴望天长地久。

3

知道分手的滋味有多糟糕吗?

那就是很爱很爱的一个人突然间就消失了,伤心、难过、不安、失眠、焦虑,所有所有的负能量都涌上心头。

整夜整夜地睡不着觉,眼泪不自觉地流下来,听到喜欢的歌会想起他,看喜欢的电影会想起他,走过一起牵手的马路会想起他,睡觉的时候会想起他。

他就好像一件穿在身上的衣服,习惯了他的存在,尽管偶尔会脏,可他能给我很多很多的安全感,可失恋的那天,这件衣服突然消失了,不知所措的我一下子抱住了自己,我是真的很害怕那种失去的感觉。

我身边有一对谈了很久的情侣，他们说，在一起的时候，觉得日子就和结了婚一样，除了少张证，其他没什么区别，一起做饭，一起看电视剧，一起睡觉，一起吃早饭。

偶尔也会吵架，偶尔也会红了眼，偶尔也会想要分开，可每一次都在吵吵闹闹中走了过来。

好像没有谁的心里，真的想过，眼前这个人也许哪一天就真的离开了，消失不见，彻底脱离了。

可是啊，谁也没想过的那一天就真的来了，分手那天，谁也没有哭，谁也没有开口挽留，心痛吧，所以痛到了麻木，所以痛到了没有情绪。

分手后的那个星期，女生几乎一直待在自己的房间里，一句话没说，就这么静静地发呆。

她说："当我突然意识到，他是真的离开了的时候，我才'哇'的一声，真正地哭了出来，止都止不住，心痛得不能呼吸。"

她用了一年多的时间才慢慢地从过去里走出来，有一次她看我的文章，对我说："当初分手过后，我曾想过，我再也不要谈恋爱了，可现在我不这么想了，如果有遇到喜欢的人，我还是会想要谈恋爱，只是他千万不要再离开我就好。"

4

我这辈子只能接受最后一次分手,那就是从情侣变成夫妻。除此以外的分手,我统统都不能接受,如果会分手,那我宁可不要开始。

我知道感情的事谁也说不准,可我会尽可能在开始一段感情以前,认真地去思考两个人的关系。

之所以会说,三观不合的人不能在一起、缺乏包容和理解的人不能在一起、爱得不够深不够宠的人不能在一起,为的就是谈恋爱以后少一些分手的可能。

我不是在找一个完美的对象,而是在找一段不分手的恋爱。

手机坏了,我可以换一个新的,但是感情坏了,我就只能想办法去修,可我不想修到一场感情几乎连原样都没有了,如果是这样的话,它还是最初的感情吗?

我不想将就我的一生,我也不想轻易就换。

最好的办法只有一个,你爱我一如当初,我伴你一生一世。

"我从来不想独身,却有预感晚婚"

"我做好了孤独终老的准备,
但是也做好了将来哪天
可能会闪婚的准备。"

1

有人说年少不懂李宗盛,多年后读懂就只剩下苦难、美好与自嘲。

记得他在歌曲《晚婚》中唱道:

情让人伤神爱更困身

女人真聪明一爱就笨

往往爱一个人有千百种可能

滋味不见得好过长夜孤枕

我不会逃避我会很认真

那爱来敲门回声的确好深

我从来不想独身却有预感晚婚

我在等世上唯一契合灵魂

初闻不知曲中意，再闻已是曲中人。

当唱道"我从来不想独身，却有预感晚婚"的时候，很多人都被唱哭了。是啊，我也从来没有想过要独身，但是却至今一直独身。

有人说一直单身的人都太挑，我说，一直单身的人只不过知道自己要什么罢了。

有读者跟我说，现在都不知道如何去谈恋爱了，自己才20出头但是有强烈的预感会孤独终老。想找一个人，既可以有恋爱的感觉，又可以有生活的踏实，他不需要有很多的钱，也不需要长得有多帅，只要有一颗真真实实爱我的心，能给我满满的安全感就行。

但是这样一个小小的念想却比中500万还要难。

渐渐地，可能是自暴自弃，可能是听天由命，变得就不想再去爱了。

从前喜欢一个人，现在喜欢一个人。

2

某天，维维发了一条朋友圈：我没有谈恋爱，我还在乖乖等你啊。

她和男朋友在一起五年，身边的朋友见证着他们的相爱相杀、分分合合，以为他们能就这样走到婚姻，但是他们却各自在快要抵达终点的时候下了车。

　　我问维维为什么吵了这么多次，这次却分手了。

　　她说，可能这次大家谁都不肯先低头了。

　　我们都在感情中成长，年少时分手可能会放下尊严去挽回，但是随着年龄的增长，渐渐觉得骨气跟尊严似乎比感情更重要。

　　每一个不肯先低头的人大概都在等着对方先低下头，就像《前任3》里的孟云与林佳，一个明明想挽留，一个明明不想走，却都在等着对方先低头。

　　后来想想，很多人一直独身的原因大概就是那个原本你以为可以相守一辈子的人，最后却消失在了人海。

　　慢慢地，你变得更好了，却也不会再爱了。

　　维维说："已经跟他分手那么久了，也时常会遇到有好感的人，但是那种好感只能持续三分钟，一次交谈，或者第二次的眼神接触后就会好感全无，自己很想结束这个该死的单身，但是却总是找不到那个心动的人。"

　　晚婚的人，可能内心都有着太多的故事。

3

我们都听过很多的大道理,但是仿佛从来没有听到一个人大大方方地跟你说"我爱你"。

有时候,我们要的并不是很多,只不过是想要找个能够读懂自己的人罢了。

可可说:"生活中时常会遇到为了结婚而恋爱的人,跟这样的人在一起非常地没劲,这会让我感觉他并不是真的爱我,只不过是我刚好在这个时候出现了而已。"

所有的开心和生气都像打了折扣,因为知道自己不是被偏爱的那一个,顶多只是加上一点点的喜欢、一点点时机和一点点适可而止的礼貌。

这样的一场恋爱谈下来,对爱的相信反而越来越少。

这样的感情自己永远都不想要,所以,关于婚姻也从来不着急。

每一个独身的人大概都在等那个命中注定的人,穿过人潮汹涌的城市,跋山涉水地来爱你。

时常会有人问我:"是不是已经做好了孤独终老的准备了?"

我说:"我做好了孤独终老的准备,但是也做好了将来哪天可能会闪婚的准备。"

4

记得年长的亲戚总是会跟我说,婚姻就是找个人凑合一起过日子罢了,哪有那么多的合适不合适,生活得久了自然就习惯了。

但是谁叫我们天生就比较倔强,凑合的婚姻宁愿不要,就想要默契的感觉,就好像李宗盛在歌中所唱的"我在等世上唯一契合灵魂"。

我想,晚婚的人应该都是些深情专一的人,因为他们完全可以随意地挤上一辆班车,尽早地到达目的地。但是他们却选择了一直在站牌下等待。有些事情不是不明白,只是自己不愿意这样去做罢了。

愿你能找到如这般的恋人——能懂你,也懂这世间悲欢。陪你走千帆,仍能方寸不乱;在他陪着你的时候,你没羡慕过任何人;他的出现,够你喜欢好多年;他喜欢你,拙而热烈,一无所有却又倾尽所有。

毕竟我不是真的想要晚婚,只是为了等你而独身。

说一万遍我爱你，不如好好在一起

没遇到宠你的人以前，不如单身

"你把自己养那么好，
真不是为了找个人将就的。"

1

有人说，单身久了真的会得单身癌，如果有人稍微走入你的生活，就会有一种生活节奏被打乱的不安感，尤其是在需要牺牲自己的时间与喜好去取悦另一个人的时候。

似乎越来越多的女生选择单身，宁可要事业也不要爱情。

好朋友素素今年29岁，相亲不下二十次的她依然是单身，她说："前阵子家里人又给我介绍了一个家庭条件还不错的对象，但遗憾的是，自己并不喜欢他。很多人都来给我做思想工作，觉得我快30了，再不嫁出去这辈子就完了，父母更是没日没夜地逼着我尽快完婚。

"但是我实在不愿意和一个不喜欢的人结婚，在那个男人面前，我要刻意地伪装自己，要牺牲自己的个人时间去适应他的生活，更重要的是，和他在一起的时候，我并不快乐。

"我不懂社会为什么要以结婚来定义一个女人的价值，在长辈眼里女人只有结了婚、有了孩子才算幸福，可是在我眼里，单身其实有很多事情可以做，但若是困在一场没有爱情的婚姻里，那才是噩梦的开始。我没有办法给一个我不爱的男人煮饭生孩子，更没有办法和他在一起一辈子。

"也许像别人所说的那样，我一旦错过了这个男人就再也找不到比他条件更好的了，但是这辈子除了他，我还可以选择一辈子单身。"

我想，比单身更可怕的是，两个明明没有爱情的人要凑合在一起过一辈子。

2

好的婚姻让人向往，让人羡慕，而差的婚姻到底有多可怕呢？

我们每天刷微博、刷朋友圈的时候，总是会看到一些关于婚姻的负面新闻。38岁全职妈妈家中猝死三天才被发现，90后孕妇难忍生产剧痛被丈夫逼到跳楼，事件背后的真相我们不好评论什么，但这些事却激起了一些妈妈们的感同身受，更有人讽刺说，不孕不育一辈子保平安。

我相信一段美好的婚姻是能给人带来幸福的，但也同样相信一段没有爱情的婚姻是冰冷的、残酷的。

小小说，女人因为年纪大了就随便嫁给一个不爱的男人到底有多可怕，大概就是你结婚后的每分每秒都在后悔中度过。

我同事在去年的时候结了婚，两个人当初都是因为家里催婚催得紧而仓促地领了证，结婚后才发现其实婚姻生活中有太多繁琐的事情。因为没有爱情，他们很容易吵架，也因为没有爱情，他们谁都不会让着谁，也根本不愿意去体恤和照顾对方。

而这样的婚姻就像是一场灾难，有时候同事宁愿在公司加班也不愿意回家去面对自己的老公。她不敢想象自己以后怀了孕有了孩子，生活会变成什么样。

很多大龄单身姑娘都问过我同样的问题，一辈子单身和将就着结婚到底哪个更可怕。虽然我无法给每个人都做出正确的决定，但相信我，你至少要嫁给一个爱你的男人，否则还不如单身。

3

宁愿一个人孤独，也怕两个人辜负。

感情最怕的就是拖着、将就着，既浪费时间又消耗精力，到头来还不如单身时轻松自在。

妮妮说:"女人这辈子永远都不要为了结婚而结婚,不要为了谈恋爱而去谈恋爱,因为到头来你会发现,你曾经最好的时光统统被浪费在无意义的事情上——被迫喜欢上一个人,被迫进入一段婚姻,被迫做一些无意义的牺牲。

"与其困在一段低质量的婚姻里,我宁愿多存点钱去留学,去学点不一样的东西,去接触更多优秀的人,去提升自己的思想境界,何必为了旁人的闲言碎语而搭上自己的一辈子。"

女人不是男人的附属品,更不是婚姻的牺牲品,爱自己,才是终身浪漫的开始。去想去的地方,去见想见的人,去做想做的事,这样的生活远比世俗的婚姻要幸福得多。

如果找不到合适的人,那么单身一辈子也可以活得很好。

4

有人说,现在这个年代的女生都太娇贵了,一个个不想结婚、不想生小孩的是你,到了最后哭着说嫁不出去的那个人也是你。

我说,婚姻不易,家庭更不易,为什么女生一定要不负责任地把自己轻易地托付出去呢。

没有人会拒绝爱情、拒绝幸福,大多数的时候,我们只是为了保护自己不受到任何的伤害罢了。

再说，爱情对于这个年代来说本来就是奢侈品，谁都渴望过爱情，谁都想要嫁给爱情。

毕竟你把自己养那么好，真不是为了找个人将就的。

一辈子那么长，遇到错的人比孤独还可怕。

如果找不到合适的人，那么我宁愿单身一辈子。

没有爱的婚姻，你嫁吗？

"单单以结婚为目的的谈恋爱，
才是耍流氓。"

1

网上流行着这样一句话："不以结婚为目的的恋爱都是耍流氓。"

既浪费钱、浪费时间，还浪费感情，所以到了耽误不起的年龄，越来越多的人追求高效率的速配，想脱单的、求闪婚的比比皆是。

于是相亲这个大市场永远都是人潮拥挤，大家都奔着结婚这个最终目的出发，挑长相、看条件，简单粗暴。

在你的身边有多少人正在经历着相亲，或者此时的你也早已逃不过长辈这关，满怀着抵触的情绪，相了一个又一个。

看着父母一天天地老去，朋友们一个个地结婚生子，你在经历了两三场无疾而终的恋爱之后,仿佛再也耗不起时间和精力,也急着想找一个靠谱的男人嫁了。

2

树姑娘今年 27 岁,一急之下就把自己嫁了。

之前,她谈了一场长达 7 年的恋爱,结局是被分手,跟所有爱过却失恋的女人一样,她心里头始终有股怨气无法宣泄,恨自己掏心掏肺付出 7 年的感情换来的却是一场空。

失恋后的她为了走出阴影接受了家里安排的相亲,顺其自然地走到了结婚这一步,但是当所有人都祝福她的时候,她却突然后悔了。

她说,她和未婚夫两个人前前后后从约会到结婚也就一个月的工夫,并没有产生太多的感情,虽说两个人是门当户对的姻缘,但是她总觉得心里有点不踏实。

看着婚宴的日子越来越近,闺密好友都纷纷安慰她说,谈了 7 年的恋爱又如何,都抵不过一场名正言顺的婚礼。

树姑娘觉得他们说得很有道理。圣诞节那天,她在超市精挑细选地挑了个最大的苹果送给未婚夫,并幼稚地向他索要礼物,而未婚夫却冷冷地和她说道:"成熟点,我们都要结婚了,我妈妈希望明年能抱到孙子。"

这一刻，她突然就懂了，眼前这个男人并不爱她，他的目的仅仅是结婚生子，就像完成一项指标一样。

如果说谈恋爱只能以结婚为目的的话，那么目的性太强的恋爱就像是明码标价的感情交易。

3

小时候的爱情动机总是很简单，因为我喜欢你，所以总想听你说说话，希望每天都能看到你，最好能和你手牵手谈个恋爱，那时的我们也很憧憬婚姻。

也许是经历了一次次的分离，道听途说的太多，爱情变得不再像从前那般纯粹，总是掺杂了些许杂质。有的人因为物质心甘情愿地被包养，有的人因为寂寞想要拥一个人在床上取暖，更多的人因为现实选择了适合自己的伴侣。

2016年的最后一天，身边一个朋友通知我说可能要结婚了，我连忙吃惊地问："啥？上个月还喊着说要做个单身贵族，这一转眼的工夫就要结婚了？"

朋友说，最近被家里催对象催得头都炸了，相亲认识了一个条件还不错的，想想自己也单身好多年了，也没有耐性再去用心谈一场恋爱了。

我问她："那你喜欢他吗？"

她说:"他人挺老实的,家境又好,工作单位也不错,结婚的话挺适合的……"

晚上睡觉的时候我在想,我们选择和一个人结婚究竟是因为单纯地喜欢他,想和他在一起,还是仅仅只是爱上了他的那些附加条件。

人老实,家境又好,工作单位也不错。如果除去这些,你还会考虑跟他在一起吗?如果这些硬性条件某一天突然全部消失了,你是不是就会后悔了?

考虑好了各种条件去结婚,最后发现两个人困在一场徒有虚名的婚姻里没有半点关于爱的回忆,这样的婚姻真的是你想要的吗?

在这个世界上,只有婚姻是最没有办法自欺欺人的。

4

有人说,爱情太伤人了,找个不怎么爱的人结婚就不会那么痛苦了。甚至有人会直接告诉我说:"我不想谈恋爱了,只想找个合适的人结婚。"

在速食爱情和快餐婚姻的年代,我们常常急于想要一个结果,跳过了喜不喜欢,甚至是谈恋爱的环节,直奔"结婚"这个主题,就好像婚姻是所有人摆脱孤独和逃避世俗的解药,但是这样的我们，真的会幸福吗？

也许，那个谈了很多次恋爱的你并没有成为谁的准新娘，到了一定的年龄周围会充斥着很多闲言碎语，会对爱情时不时地感到失望。但是哪怕别人口中的婚姻有多现实，都不要忘了"谈恋爱"这三个字。

如果没有"爱"可以谈，那么婚姻还有意义吗？

到了适婚的年龄又如何？人到了80岁也要谈恋爱啊，不要在这个人赶人的年代忘了去享受谈恋爱的过程。如果合适的未必走心，就去和自己真正喜欢的那个人谈一场不以结婚为目的的恋爱吧。

5

记得身边一个30多岁未嫁的姐姐曾说，成人世界里的爱情太无趣了，不是为了结婚，就是性的需要，好像这年头大家已经没有力气再去正正经经谈一场走心的恋爱了。

一旦到了这个年纪，动不动就想以结婚为前提，拜托，你以为拍电视剧都能看得到剧本啊，不认真谈个恋爱，谁知道合不合适结婚，爱不爱呢。

我一直觉得婚姻是以爱情为前提，而不是为了结婚而结婚，单单以结婚为目的的谈恋爱才是耍流氓。

很喜欢一句话:"我爱你,并没有什么目的,只是爱你。哪怕只是空欢喜一场,这才是爱情正确的打开方式。"

毕竟生活太无聊了,一辈子也挺长的,与其困在一场没有爱情的婚姻里,一直谈恋爱也挺好的。

希望谈恋爱不是以结婚为目的,而是真的想和 ta 一起白头到老。

愿你能遇见那个人，能让你相信爱情，相信婚姻

"我走过去抱住你，
就像抱住了整个世界。"

1

2017年年底，在刷微博的时候，看到一个外国男子跟心理医生的对话，他认为自己的妻子天天不上班也不干活，生活太轻松了。

他是一名银行会计，他的妻子则是一名全职太太。医生问他，你们家谁做早饭？他说，当然是他的妻子，她又不上班。

医生又问他，那你们谁起得早？他说，当然是他的妻子，她又不上班，当然要给我们准备早饭，给孩子穿衣洗漱，保证她们都吃完早饭，刷过牙齿，准备好上学用品了。然后负责把小的叫醒，换尿片换衣服，喂奶。

医生又问，那孩子上学谁送？平时妻子不上班都在家干些

什么？

他说，她通常要思考下出去之后要干啥，最好趁出去把事情一次性办完，比如交交费，去超市买买东西，因为带着小孩不方便，有时候，忘记办什么事情又要跑出去。回家后她要给小的喂奶，换尿布，哄他睡觉，然后整理厨房，洗衣服，收拾房间啥的，你知道的，反正她又不用上班。

医生接着问，那你的妻子，晚饭后做些什么？

他说，吃完晚饭当然是收拾碗筷，整理餐桌，打扫厨房什么的，然后辅导孩子学习，哄孩子睡觉，她经常半夜醒来说是给孩子喂奶换尿布。

最后医生问，那你都在干吗？

他说，我当然是在上班了，我每天赚钱很辛苦的，不像我的妻子，一天天都不用上班，悠闲得要死。

看到这里，我不禁爆了句粗口，我靠，还有这样的极品男人。

合着他的妻子，当妈，当闹钟，当保姆，当厨师，当家政，当司机等等，一天24小时不停地轮流切换工作岗位，最后换来一句，她又不上班，她空得很！

更关键的是她做这些事连半毛钱薪水都没有，这些生活上的开销全部花的都是自己往年辛苦攒下的积蓄。

这样的妻子，在某些男人眼里，赫然变成了一个不用上班、悠闲得要死的存在。

2

有句老话叫作，婚姻是女人的第二次投胎。可想而知婚姻对于女人的重要性。

女人一旦结了婚就等于跟之前有趣的生活说拜拜了，以前每个月都会给自己添置几件新装，但是结了婚以后女人的购物车里，基本都是些家庭用品或者男士用品。

婚前她们只需要让自己看起来美丽就行，可以肆无忌惮地踩着高跟鞋、穿裙子，但是婚后呢？

大S就是个很好的例子，她婚前是个美容大王，基本每天都要穿高跟鞋，打理她的长发，视长发如命。婚后有了宝宝之后，她剪去了她视如珍宝的长发，被记者偷拍到的时候基本也都是穿着平底鞋，她说为了孩子她愿意放弃那些。

婚姻对于女人而言，是一个舍弃的过程，而对于男人呢？

男人不需要经历十月怀胎的苦，不需要经历女人生产的痛，更不需要面对生产之后身材走样的苦恼。男人忙的时候可以不照顾孩子，可以做甩手掌柜，但是女人不行，她们需要喂奶，需要时时刻刻地照顾家人。

结婚有孩子后男人的生活基本不会发生太大的变化。

所以对于女人来说，婚姻就是一场赌博，如果遇人不淑的话，那么基本就是下半辈子尽毁。

3

我曾经问过我身边的一个女生，问她为什么还不结婚。因为她已经30岁了，再过几年就算结婚生子，也属于高龄产妇了。

她说，她身边的同事朋友基本都已经组建家庭，有了孩子，可是这些人里，多数人的婚姻都不幸福——差劲的生活质量，不负责任的丈夫，无休止的争吵等等。

而这一切都让她不敢结婚，不敢相信爱情。

她说："并不是一定要在合适的年纪结婚的，也并不是一定要为了生活而去结婚。我对于婚姻，对于亲情，有自己的理解，我希望得到尊重与平等。如果找不到一个特别合适的人，与其勉强在一起，到后来因为三观、因为性格而争吵，不如继续享受一个人的时光，起码不用找个人给自己添堵。"

身边的环境，总是能影响一个人的心境，如果她身边朋友的婚姻都特别幸福，我想她大概已经无比期待做一个美丽的新娘了吧。

4

在网上看到过这样一段话：

你有想过一个家的样子吗？

我想过，关上门回头就是一个大大的占了半个客厅的沙发，靠垫不用很高的那种，但是一定要很软很软。厨房里的煲锅咕嘟咕嘟地响，锅里排骨汤滋滋地飘出来香气。天就快暗下来了，星点的灯光把这个城市映在玻璃上，我放下书跑去拉上纱窗，突然"咔嗒"一声门开了，你带着一身冷气进来笑着说："我回来了。"

我走过去抱住你，就像抱住了整个世界。

这段话，我看了三遍，特别地感动，我想这就是女生需要的理想的婚姻生活吧。

愿你能遇见那个人，能让你相信爱情，相信婚姻，因为有他就好像拥有了"整个世界"。

我也觉得冷，但不会随便抱别人

"正因为爱情在我眼里是美好纯粹的，
所以我才会捍卫自己内心的底线。"

1

"我最无聊的时候，一个人坐在星巴克玩了一下午的自拍。"小美笑了笑和我说，"大学刚毕业找工作那会儿，是我人生中最灰暗的时刻，和大学处了三年的男朋友因为现实因素分手；不停地向大公司投的简历却一次次地石沉大海；室友们又一个个朝着各自的方向离去。"

没了往日打打闹闹的生活，小美突然就尝到了孤独的滋味，学会了一个人逛街，一个人看电影，一个人面对人生中许许多多的苦难。

有人说一个人很酷，但一个人有时候也挺寂寞、挺无助的。看着朋友圈里依旧熙熙攘攘的生活，永远有人在秀恩爱，晒旅行，记录此刻的美好。再回过头来看看自己孤孤单单的一个人，家里灯泡坏了没人帮着换，发烧了一个人闷在被子里煎熬，和租房的阿姨吵架只能忍，每次和家人打电话总是委屈得想哭。

面对惴惴不安的未来，我们总是渴望能有一个拥抱，可以驱散寂寞，带来陪伴和温暖。

小美说："可有时候孤独是必然的，因为喧喧嚷嚷的城市里志同道合的人太少了，你不想接纳每一个主动靠近你的人，更不想随随便便就和别人谈恋爱。"

每一颗寂寞的心都在寻找着一个有趣的灵魂。

2

"为什么人明明寂寞得不行，却不想将就？"这是知乎上的一个问题，其中点赞最高的答案是这样写的：

生命如果不能浪费在我所喜欢的人身上，那我宁愿浪费在自己身上。

我不愿意去碰触那些我不喜欢的身体，去回应那些我毫无感觉的词句，去拥抱那些我从未为之心动的灵魂。

是啊，面对一个我喜欢的人，我可以心甘情愿地为他付出金钱，付出时间，还乐此不疲。而面对一个将就的人，我可能会敷衍，可能会计较，就算他做得再好，可能心里还有一千个不满意。

就像有人说,可能自由太可贵了,不想为了非真爱的人放弃。

在没有遇到那个喜欢的人之前,我不想放下手中的酒杯,更不想腾出玩手机的时间去维持一段感情。

而真爱是甘愿被束缚的。

3

小可在第五次拒绝相亲对象的时候,她的父母明显对她露出了不满的神色。他们不懂自己的女儿明明已经30岁了,为什么看上去还像是一副谁都不需要的样子。

小可和我说,其实每个女生都会羡慕周围那些成双成对的,她也不例外。这些年,她努力让自己脱单,也想过只要将就一下就有人陪,不至于周末无聊到躺在沙发上一遍遍地刷着朋友圈。她也试着和条件差不多的人交往,一开始的时候用人际交往的习惯两个人聊得很热闹,但是不出一星期,就会觉得难以适应,甚至想逃避。

很多人都表示不能理解,觉得她思想太独立,眼光太挑剔,但是只有小可自己知道,两个不在同一频道上的人凑合在一起,实在是太寂寞了。

你要时刻配合他的节奏,应付他的情绪,照顾他说话的方式。

原本谈恋爱是件幸福的事情，却因此变得索然无味，最后只剩下疲惫。

将就换来的代价不光是你自己觉得心累，也在浪费着他人的感情，于己于人都是种负担。

后来她明白了，孤单到跟另一个人处在同一频率，比适应自己一个人难得多。

4

也许享受孤独是每个人必经的道路。

习惯了没有人等你回家，习惯了所有心事都压在心底，习惯了一个人走走停停。

虽然无助的时候渴望能有个拥抱，但是我不喜欢将就和凑合的生活。

在电视剧《欢乐颂》里，关雎尔被家人逼着相亲感到不知所措，安迪和她说过这么一段话："谈恋爱那么浪费时间，而且整个人的生活节奏都要被打乱，还要身不由己地去配合一个人。所以你想想，到底一个人要爱另一个人爱得有多深，才会想要和他结婚，生孩子。"

在安迪眼里爱情是纯粹的，她不能理解现代人的价值观，如果追求纯粹的爱情就是剩女，那么追求房子车子去搭伙过日子反而是正常的吗？

是啊，正因为爱情在我眼里是美好纯粹的，所以我才会捍卫自己内心的底线。

我相信所有在感情里不将就的姑娘都是好姑娘。能够面对诱惑坚持自己，就是伟大的。

我也觉得冷，但不会随便抱别人。

为什么还是单身,你眼光一定很高吧?

"你说一个人单身太久是因为眼光太高,
我说一个人单身太久是因为真爱太少。"

1

某天晚上,和朋友吃饭的时候,问了朋友一个严肃的问题。我说:"你长得这么好看,追求你的人也很多,为什么至今还是单身啊?"

朋友一边喝着柠檬水,一边打量着我,她说:"很多人都问过我这个问题,有人说是我太挑了,也有人说我眼光太高,可我觉得只是因为那些喜欢我的人并没有那么喜欢我吧。"

我问:"那你到底喜欢什么样的男生?"

朋友说:"我希望将来能找一个善良、有责任心、有担当、正能量一点、孝顺一点的男生,至于外貌和身高,其实我真的没有那么介意。"

说一万遍我爱你，不如好好在一起♡♥

我被朋友惊到了，我以为她会回答我，她想找一个像吴彦祖、彭于晏那样的男朋友。可没想到，她的要求那么地普通。

是的，这样的择偶标准，真的一点都不高。我突然间在想，我们为什么总要给单身的人制定一个框架——单身就是挑，单身就是难弄，单身就是作？她们难道不想谈恋爱吗，她们难道不想秀恩爱吗，她们单身就真的是因为眼光太高吗？

好像并不是这样的，绝大多数的女生在挑对象的时候，都会放弃那些外在的准则，她们的要求一点都不高，只是想要找一个爱她、照顾她的男生罢了。

而现实是，往往这样简单的要求，都没有几个人能做到。

2

第二天下午，我刷朋友圈的时候，看到这样一段话：

我单身很久的时候，很多人问我是不是眼光太高了，我说不是。

因为在我眼里，那些所谓的喜欢真的不叫喜欢，他们最多就是嘴巴上关心我，当我真正有困难的时候，他们没有一个站出来；他们最多就是嘴上说着心疼，在我生病的时候叫我多喝热水，在我难过的时候叫我记得开心，在外面下起大雨的时候叫我路上小心。

你们说我眼光太高，我只是明白有些人嘴上说着喜欢你，可实际上并没有那么地在意你。他们可能只是玩着"两句喜欢三句爱，七天追不到就拜拜"的游戏，他们也可能在喜欢我的同时，也分别喜欢着很多人。

其实我真的没有很挑，只是很遗憾从来没有过被人坚定选择的感觉。

记得我也曾经问过我自己，为什么至今还是单身，真的是因为太挑了吗？

好像真的不是如此，只是因为我从来没有在谁的身上感受过那种坚定的爱。

你说一个人单身太久是因为眼光太高，我说一个人单身太久是因为真爱太少。

3

为什么越来越多的女生选择了单身？

是因为她们自身的原因吗？我想大概是因为遇见真爱的概率比遇见鬼还低了，我想大概是因为如今的喜欢越来越经不起考验了，我想大概是因为听过太多的喜欢却没有碰上真正地付出的人。

如今的一句喜欢到底有多廉价，轻而易举就能说出口，三五分钟就能爱上一个人,一个星期不到就能放弃。

爱情是这个模样的吗?如果是的话,我宁可选择单身。

我每天都会收到很多很多读者发来的消息,她们会告诉我,其实她们也想要谈恋爱,她们没有那么在意物质,她们没有那么在意长相,她们只需要一份纯粹又专一的喜欢。

可就是这样一份简简单单的爱,却也难以收获。

单身,不是因为我们太挑,而是收到的喜欢太少。

4

姐姐在结婚前立志要找一个身高180以上的男生,结果却找了一个175的老公。

有一次我问姐姐:"你为什么最终会选择他做老公?"

姐姐说:"其实谈恋爱哪有那么多为什么,女生都是嘴硬心软的人,谁对她好,她就跟谁走了。我们挑来挑去,无非就是在挑一个对自己好的人。"

其实对女生来说,哪有那么多的眼光高。眼光高是什么?眼光高是,无论遇上什么样的,我都看不上。可现实呢,现实是无论遇上什么样的,我都抱有期待,可惜他最终只是一个过客。

我给过很多人喜欢我的机会,我也试着去喜欢一些人,可最后只是遇上了一些拿着喜欢做幌子、一心就想要上床的人。

不想再听到,什么"别人给了你520块,你就以为遇见了爱情"这种鬼话了,我不缺520块,我也不要玩玩的爱情。

如果喜欢我,就认认真真地追我,

如果无法坚持喜欢我,我就继续单身,

任凭别人说什么我眼光太高之类的鬼话,

也好过我随随便便将就了自己的爱情。

我什么都不怕，就怕最后不是你

"我不怕异地，
不怕未来要吃多少苦，
只要最后是你，
过程有多痛苦我都愿意。"

1

有人问我喜欢上一个人到底是什么感觉。

我说，大概是含在嘴里怕化掉，捧在手里怕摔坏，无论走到哪心里都装着一个人，就好像冥冥之中，你早已认定了她一样。你心里最害怕的事情永远只有一样，那就是失去。

是的，我曾经深爱过一个人，我们一起开心过，也一起伤心过，我承诺过要带她去冰岛看极光，她说要陪我走过一年四季，走过无数个365天。可遗憾的是，我最终还是失去了她。

如果疼痛分等级的话，那么失恋时的心疼对我而言已经超出了十级。那种感觉就好像记忆中最重要的一部分从我的身体里抽离了,有那么一瞬间只要一想到我的未来不会再出现她的影子,似乎整个世界就悄无声息地崩塌了。

我宁愿她回来继续对着我任性,对着我较劲,对着我无理取闹地作,我宁愿背负一切两个人在一起的责任和痛苦,只要我爱的那个人还在我身边就好。

突然就明白了,当你真正爱上一个人的时候,你不会去计较过程有多辛苦,不怕岁月蹉跎,也不怕路途遥远。

我什么都不怕,只怕我坚持到最后的那个人不是你。

2

好朋友乔儿说,甜有 100 种方式,吃糖、蛋糕和每天 98 次想你。

你有没有试过想念一个人,想念到不管多困,还是会开着手机只为和他多聊上几句;想念到就算打个盹都能在梦里看到他的笑;想念到没走几步路就在回忆上一次约会时的甜蜜。

大概每一对异地恋的情侣在经历分别的时候总是两眼通红,紧紧相拥又舍不得放手。

没有人会喜欢异地恋,之所以在一起只是因为那个人很重要,重要到了哪怕相隔两地,还是会有翻山越岭去见他的勇气。

记得曾经有一位读者和我聊起她的这段异地恋,为了爱情,她忍受了长期无人陪伴的寂寞，最后甘愿放弃自己的城市、熟悉的工作环境，而去适应一个完全陌生的城市。

　　她说："有一段时间，男朋友家里一直十分反对我们交往，因为他们家想找个本地的姑娘，工作稳定的。

　　"那时候，我刚辞职来到这，工作也没有着落，男朋友对我很好，一直很照顾我，让我别太担心，他说会一直和我在一起，可是我还是很没安全感。

　　"后来，我有了份能够在这座城市站得住脚的工作，我一直很努力地成为一个能配得上他的人，可是他爸妈依然不同意我和他交往。我骨子里原本是一个很高傲的人，可是为了能和他在一起，我三番五次地买礼物去讨好他的父母。

　　"有人说，异地恋太苦了，还不如单身来得自在。我说，原本啊，以为到了他的那座城市就能每天幸福地在一起，可是一提到未来，就好像永远有许多道坎儿在等着你。

　　"有时候，我想过，要不就放弃吧。可是我骗不了自己的内心，我感谢世人千千万还好与他相遇，我感谢和他在一起时度过的每一天。

　　"我不怕异地，不怕未来要吃多少苦，只要结局是美好的，过程有多痛苦我都愿意。"

3

爱情似乎有着某种魔力，让很多人一旦遇见就会深陷，它可以让人变得软弱，也可以让人变得勇敢。

就像一直在感情上保持理智的小美，也会为了喜欢的人毫无保留地付出。

她说，男朋友的工作很忙，一个月出差四次，每一次都要呆上好几天。这让本来就缺少安全感的小美备受折磨，明明知道他在忙着应酬，还是会因为周末不能陪她一起吃饭、看电影而难过。

有时候，爱上一个人，对着手机笑，对着手机哭，仿佛所有的喜怒哀乐都是因为他，可是这一切都无所谓，只要他牵着我的手不放，只要能给我一个永远踏实的依靠。

因为你，我不怕孤单，不怕等待，只怕时光匆匆而过，最后守在身边的那个人不是你。

听过最温柔的那句话还是："不要怕，有我在。"

4

大多数时候的落寞，只是因为你不在我身边罢了。

我一直在想象，会有这么一天，我会亲手为你披上婚纱，戴上我送的求婚钻戒；我会带你去北极，带你去法国，带你去你想去的地方旅游。

　　天气好的时候我们就开车出去兜风，去海边一起踩沙滩，下雨的时候我们躺在沙发上抢着遥控看电视，我会端着一杯咖啡到你面前，告诉你小心烫。

　　吃完晚饭，你拉着我的手坚持去散步，你嫌弃我越来越懒，我嫌弃你越变越胖，我们彼此一笑，一路互相嫌弃。

　　多晚遇见都没关系，只要你能来，我愿意等。

　　我坚持爱你，相信爱情。

　　只是因为，我想和你永远在一起。

为什么越来越多的女生喜欢单身?

"儿女情长什么的,
真的很影响我们行走江湖。"

酒喝得越多,舞跳得越多,认识的人越多,钱赚得越多之后,渐渐地发现,不想结婚,不想恋爱的女孩子也越来越多了。

我时常在想,单身狗的人群之所以日渐庞大,可能是因为女生都过着单身主义的生活,导致男生都被剩下了。

昨天有个朋友跟我说,她在聚会的时候碰到一个男生,难得让她心动,小鹿乱撞,她偷拍了张那个男生的照片给我。

碰巧这个男生我认识,我就把微信推给了她,让她自己去撩。

她问我:"该怎么撩?我太久没有恋爱了,已经失去这个功能了怎么办?算了算了,我还是远远地看着就好了,不撩了。"

我说:"难得碰到一个能让你心跳加快的人,怎么能怂?"

她说:"算了,林熙,我现在这样挺好的。"

我这个朋友年纪不大,但是一直保持着单身。她在大学的时候谈过一场4年的恋爱,分手之后她就开始变得爱喝酒,每

说一万遍我爱你，不如好好在一起 ♡♥

次出去喝酒都是一帮女人。遇到喜欢的人她也不会主动追求，追求她的人，她也不知道如何回应。

习惯单身的人，都习惯把自己的感情藏得很深。

1. 单身的时候你可以收获很多的关心

单身的好处是，你可以收到很多很多的关心和喜欢，而你一旦恋爱之后，就只剩下男朋友一个人的关心跟喜欢了。

如果男朋友能够全心全意地对待你，爱护你的话，那么大概有千千万万的女生前仆后继、心甘情愿地往爱情这个坑里跳，但是偏偏恋爱就像是掷骰子，摇到豹子的概率小之又小。

挑来的男朋友对你的好也是一天不如一天，所以很多人对爱情渐渐失去了信心。

2. 单身可以让你收获很多的钱

小可跟我说，以前恋爱的时候自己的生活永远都是围着男朋友转，男朋友需要了，她立马放下工作去找他。在她的世界中，可以没有钱，但是绝对不能没有男朋友。

但是分手之后一个月，她发现，不用再给人当保姆的感觉真的棒呆了。她把恋爱中的精力放在工作中，没几个月工资就翻了一番。

单身久了的姑娘一般都很富有，因为她们知道做一个有钱的老姑娘远比那些只有爱情的小姑娘容易得多。

3. 单身可以再也不用遭受背叛

大概每个地单身久了的姑娘，都会把爱情幻想得像小时候看到的童话故事般地美好，以为骑着白马的就是王子，但是骑着白马的也有可能是唐僧。

每个跳进爱情这个坑里的女生都会把对方想象得很美好，从而忽略了很多他对你不好的细节。

不是因为女生太笨，而是因为女生都太重感情罢了。所以这类的女生往往也总是遭受到背叛，她们止损的方式就是让自己一直单着。

如果没有找到个诚实可靠的人，宁愿单身一个人。

4. 单身可以爱自己更多些

害怕恋爱的人大多都有恐婚症。婚姻意味着你需要把对自己的爱分给对方一些，自己再剩下一些；或者分成三份，分给丈夫，分给孩子，然后自己再剩一点点。

我有个朋友，最近有个年长她很多的男生在追她，她心里挺喜欢那个人的，但是却迟迟没有答应对方的追求。

我问她为什么。

她说她只想恋爱并不想结婚,她怕浪费了对方的时间,所以选择不要开始。

很多女生跟我说,不想恋爱,不想结婚,只是因为现在还没有想好将自己的爱分出去。

有人会说现在的女生都太自私,我说,这样的女生才是你将来最值得娶回家的,她们有主见、够独立,永远都知道自己要什么,所以一旦她们想要结婚,那么被她们选中的男生大概会非常地幸福吧。

看到过这样一句话:"现在的女孩子好像变得不再粘人了,她们内心渴望和你时时刻刻在一起,却又不敢表现出来。"

她们害怕喜欢的人觉得累赘,害怕太过束缚的爱情让人喘不过气。可实际上呢?她真正在乎的时候就是这样,幼稚冲动不顾一切,想随时冲到你面前告诉你很想你,即使才分开了几分钟而已。

不期待,没失望,最后也就是这些女生,都慢慢地得上了单身癌。

还是爱自己更酷一些,儿女情长什么的,真的很影响我们行走江湖。

Part2
你可以做自己的贵族

永远记住,你很贵

"你面膜很贵,眼霜很贵,全身上下都很贵,
真的不要再从垃圾堆里找男朋友了。"

1

去年一个晚上,在朋友圈里看到一组被疯狂转发的长图,图片内容讲的是,一个叫左先生、一个叫右先生的两名男子,分别是如何对待爱情的。

在你加班的时候,左先生会对你说,你辛苦了,再忙也要记得吃东西。右先生会对你说,我给你叫了外卖,你记得抽空吃。

有人说,你可以和左先生谈恋爱,但是请记得嫁给右先生。

朋友私聊给我发了一张图,图片内容是,左先生身高185,又高又帅,有迷人的微笑,还爱健身,爱好弹吉他;右先生身高147,又肥又胖又丑,还秃头有雀斑。

朋友说:"你凭着良心说,如果你是女生,你怎么选?"

我说，其实问题很简单，选一个配得上你的，不管他是很帅的左先生也好，是很体贴的右先生也罢，你一定要找一个配得上你的男人。

在你没有遇到这些先生以前的那么多年，你一个人那么辛苦，那么独立把自己养得那么好，给自己用最好的护肤品，送自己最贵的化妆品，涂最好看的口红，买最新季的衣服，你没有理由找一个会让你犹豫不决的男人。

如果这个男人很高很帅，可是很花心，不够爱你，你就不要了。如果这个男人很温柔很体贴，可是又矮又肥，长得太丑，你也不要了。

所有类似二选一，非要让你在左先生、右先生里选一个的问题都是耍流氓，你长得那么好看，凭什么非要在这两个有缺陷的男人身上选。

难道你就不能选一个长得好看，能入你的眼，也不花心，对你温柔体贴的男人吗？

2

我的生活中，收到最多的问题就是，读者们会问我，她又失恋了，可还是忘不了前任怎么办？或者是，碰到一个特别渣的渣男怎么办？

其实我是无奈的，也是愤怒的。无奈是因为我不明白，为什么好好的一个姑娘，非要吊死在一些不值得的男人身上；愤怒是因为，有些男人凭什么可以动手打自己的女朋友，还死活逼着对方不能分手。

这样的情况多吗？

我见过太多这样的例子，就像之前我看到的一个新闻，女方要分手，男方不同意，还扬言如果分手，就挖对方祖坟。说真的，这样的男人如果是我朋友，我就拿棒子打死他，丢尽了男人的脸。

而我也想对姑娘们说，姑娘啊，你真的不要一边吐槽自己男朋友的各种不好，一边又难过得放不下了。

既然你的口红是自己买的，信用卡债是自己还的，生病了是自己照顾自己的，难过了是自己擦干眼泪的，你到底为什么要跟他纠缠不休啊？是你不够好看，离开了他找不到男朋友了？还是真的他长得太帅，帅到你可以为了那张脸，什么都不在乎了？

对自己好点真的没错，你把自己养那么好，真的不是为了找个男人委屈自己的。

3

很喜欢有些姑娘的生活方式,她们可以平静地享受单身的生活,尽情地对自己好,给自己找健身教练,空了报名学习外语,偶尔和闺密约个下午茶,吃一顿小资的晚餐,放假的时候出去度个假。

这样的女生没有男生追吗?

很多。可她们为什么还是单身呢?因为她们明白自己想要的是什么;因为她们明白在没有遇到一切都合适的人以前,她们没必要结束单身;因为她们明白,自己很贵,不是随便什么人都值得自己倾心的。

贵一点不好吗?贵一点真的特别好。

你贵一点,你才不会因为一顿廉价的饭就和一个小气的男人约会。

你贵一点,你才不会因为一件不走心的礼物就感动半天,导致以后收到的都是不走心的礼物。

你贵一点,那些到处乱撩的男人就不会来撩你,因为他们知道自己没戏,因为他们知道追不上你。

德雷克斯说过,漂亮的女人等于备齐了一半嫁妆。

男人为什么总想娶个很漂亮的女人做老婆?因为划算。一个好看的女人,不仅仅可以养眼,还因为那张好看的脸、完美的身材，相当于她们一半的嫁妆。

明白自己有多珍贵了吗？不要再从垃圾堆里选男朋友了。

4

有个很好的朋友失恋了，她和我说："我知道我和他已经不可能了，可我总是放不下，每到夜深人静的时候，我总会失眠，会很疯狂地想他，想起我们的过去，想起曾经的点点滴滴。我到底应该怎么办？"

我说："那他呢？他有同样想你吗？他有想你想到失眠，想你想到落泪吗？他有怀念你们的过去吗？他不会，因为你们已经分手了，你们已经结束了，如果你们还相爱的话，如今早就和好了。"

所有回不去的感情，都是因为有一方提前放手了，所以尽管你再爱，再舍不得，也回不去了。

所以啊，不要再为了不值得的人伤心泪流了。

你的面膜很贵。

也不要再为了离开的人熬夜了。

你的眼霜也很贵。

更不要找一个配不上你的男人了。

你全身上下都很贵。

漂亮的女人就一定要找个富二代吗？

"男人会跟好看的女人上床，
但不会跟愚蠢的女人结婚。"

1

现在的社会是个物欲横流的战场，好像谁有钱，谁说话的嗓门就可以比别人更大些。谁有钱，谁就是王道，所以大家都在拼命地赚钱。

男人努力赚钱，是为了让自己在人际交往中更有说话的权利；女生努力赚钱，是为了让自己可以把握人生。

在金钱方面，男生往往很难走捷径，但是女生却可以。我读大学的时候我们班有个女同学，她的人生目标就是嫁给一个富二代。

读书的时候，同班很酷的女生拉她去做纹身，她说："不行，如果有纹身有疤，豪门婆婆会嫌弃的。"

班级聚会的时候,所有人都在包厢里抽烟喝酒,她说:"会抽烟喝酒的女生都是些社会底层的人。"

大学快毕业的时候,其他同学都忙着去实习,她说:"女人就不能太独立,就应该依靠男人。"

但是最近听说她结婚了,她的老公比她整整大了十岁,不是一个富二代,连富一代也称不上。

那个男人有一辆宝马 Z4,三十好几还和父母住在一起,没有固定的收入,好像还离过一次婚。而这些,离她当初说好的,非法拉利不嫁,非豪宅不嫁,差得很远很远。

为什么?

2

同学之所以一定要嫁入豪门,是因为曾经她也是个富家千金,后来因为家里公司经营不善破产了,瞬间变成了一个落魄的公主。而当一个人过惯了优越的生活之后,就再也没办法脚踏实地地去生活,总是想着要走一个捷径。

我记得她曾经一本正经地和我说过:"我长得那么美,不配个富二代简直可惜了。"

我无言以对。

她接着说:"女人就应该趁着自己有胸,有屁股,有身材,有脸蛋的时候抓住一个有钱的男人。"所以她立志要找一个特别有钱的男朋友，因为她习惯了过有钱的日子，因为她习惯站在高处，欣赏高处的美景。

只是她忘记了，高处不仅仅只有美景，还有寒冷。记得大学时候的她，身边围绕着各式各样的有钱人，我对她的第一印象就是长得好看，是真的很好看。

她也确实是找了个有钱人做男朋友，两人感情也挺好的，只是大学毕业没多久，那个男生找了个比她长得更好看的女生。

她的第二个男朋友是个海归，英国留学生，外形条件都很好，我那个女同学就把他当成了自己的救命稻草，以为抓住了就是一辈子。

交往三年之后，男生到了适婚年龄，随着家人给他安排了个门当户对的女生，这段感情也就草草收场了。

古人有句老话叫"聪明反被聪明误"，她大概就是因为长得太好看了，所以有些自视过高，最终耽误了全部的青春。

一个人的美貌有时候是一把双刃剑，她可以是你的优势，但是也可以成为你战死的利刃。

长得好看是优势，但是活得漂亮才是本事。

3

其实作为男人，你问我喜欢美女吗，我相信是个男人都会说喜欢。

但是，你问我喜欢的美女是什么样子的。我很抱歉，回答不上来。因为说实话，现在这个社会，最不缺的就是美女，你随随便便翻个朋友圈、微博就能找出不下十张的美女照片，各式各样。

就算你长得不好看也没事，打几针，做几次整容，你就是一个网红脸了。所以关于美女的标准也是仅仅局限于个人偏好罢了。

可是我要告诉你，一个男人会喜欢和任何一个美女上床，但绝不会和一个愚蠢的女人结婚。

记得在哪本书里看到过一句话，有一个特别有钱的富豪接受采访，记者问他："你那么有钱，为什么不找一个年轻、性感的老婆？"

他回答说："正是因为我现在有钱了，我才能找这些嫩模，可是这些嫩模都没有我老婆聪明，我老婆能帮我挣更多的钱，这样我就能找更红的嫩模。"

这虽然可能是一个段子，但是一个有内涵、聪明的女生才是真的走到哪里都受用的。

我曾经跟我身边的哥们一起聊过一个话题，未来要找怎样的女人做老婆。当时在场的八个男生基本都回答的是，看得顺眼，带得回家，会生活。

男生关于择偶已经并不倾向于一定要找个绝世美女，只要看得顺眼就够了。因为美女再美，让你天天守着看一辈子也会疲倦的。没有人可以守着一个没有内涵的好看皮囊迁就过一辈子。

《甄嬛传》中描写的华妃容貌其实比甄嬛更好看，但是华妃也只不过受宠了一时而已。

一个女人正确的价值观不是你长得美就可以当全天下男人是傻子，你要通过你的美貌优势展现自己其他的存在价值。

4

女人的内涵是什么？

女人的内涵是她所看过的书，行走过的路，接触过的人；拥有善良，宽容，温柔，自主才是一个有深度的女人。

她们不光有光鲜的外表，还有一颗聪明的心；她们懂得经营自己，更懂得如何拴住一个男人。

一个聪明的女人不会一味地去追求豪门生活，因为她们忙着提升自己，没有时间跟那些阔绰子弟玩感情游戏。

我那个女同学听说现在过得也并不是很理想，原本以为嫁不了豪门就干脆低不成高不就地找个对她好的男人嫁了。

　　恋爱初期男生对她是很好，领了证后……最近听说她怀孕了，老公经常把她一个人冷落在家里，对她的陪伴也不多。其实兜兜转转，她就好像走火入魔似地将自己逼入了一条绝境。

　　靠美貌去锁住男人的心只是一时的，而一个女人的修养跟内涵才是一生的。

　　讲真，我喜欢长得好看的女生，但更欣赏那些活得漂亮的。

你的眼里只有钱,好庸俗啊

"请你借了我的吐出来,
用了我的还回来。"

1

某天晚上,刷微博的时候,看到一条特别引人注目的微博。微博是这么写的:虽然我弄丢了你几千块的项链,但是我已经道歉了啊,你为什么还要我赔,你的眼里只有钱,你好庸俗啊。

我刷完底下的截图,又看完整个热门评论,不禁感慨一声,这年头要回属于自己的东西到底哪里错了?

事情大概是这样的,某个准备出国留学的妹子,在大学里被人借走了一根项链,不料过了几天被人通知说项链丢了。

这里暂且称呼弄丢项链的某女为"白莲花",嗯,别怀疑,我取名字就是那么任性。

白莲花说:小姐姐,对不起哦,我把你的项链弄丢了,找

了好久都没找到,你不要生气嘛,好不好?(亲亲脸)

妹子说:嗯,没事,你按价现金赔给我就行了。

白莲花:要多少钱啊?

妹子:一共是3500,我戴了一年,你赔我3000吧。

白莲花炸毛了,说:为什么会这么贵啊,小姐姐你当时也没说这么贵啊,如果你说要这么贵,我就不借了!

妹子:贵吗?我这里有当时购买的记录和发票,你需要的话,我可以出示给你。

白莲花不爽了,说:可是小姐姐你当时没说啊,你为什么不说呢!

妹子:是你借的,好吗?

白莲花消失了一下,回来说:我在寝室里问了一圈,我的室友们都说一根项链不可能那么贵的!

妹子:可是我有发票和购买记录啊,你如果怀疑,我可以给你看。

白莲花委屈了,说:可是我寝室的姐姐们都说不可能这么贵的啊!小姐姐你还是个学生啊,怎么可能带那么贵的首饰嘛!大家都是同班同学,班里也没人像你这样打扮的啊!我知道姐姐你气我弄丢了你的东西,可是你不要生气嘛,我从小就是这样,大大咧咧的,像个女汉子,我妈咪说,女孩子要提升自己的内在和气质，不能穿金戴银的。

妹子：现在是你弄丢了我的东西，你按价赔偿是天经地义，可能是我们的消费观不同，我从小就习惯了这样的生活，违反了你和你室友的三观，真是对不起，如果你不想赔钱，你也可以赔一根一模一样的项链给我。

白莲花：小姐姐你欺负我也就算了，为什么还要说我的室友啊？室友姐姐都是好人，妈咪说爱臭美是没出息的哦。

妹子：现在是你弄丢了我的东西，跟你的室友和令慈没有关系，请你选择赔钱还是赔项链。还有，你的妈咪没教过你弄丢别人东西是要赔的吗？

白莲花：小姐姐你怎么可以这样啊，你骂我妈妈干什么啊，你好庸俗哦，你的眼里只有钱！

截图到此为止，完了我在热门评论中看到，当妹子最终选择报警，而白莲花知道金额可以立案以后立马说："你要是报警我就跳楼去，你这是要逼死我吗？"

然后大结局就是，在报警后的20分钟，白莲花说，项链找到了。

2

对不起，我好几次没忍住，想打断上面的聊天对话，我错了，

说一万遍我爱你,不如好好在一起♡♡

我不该暂且称呼她为"白莲花",这就是一个婊得不行的白莲花。

借用热门评论里的一句话:一口一个妈咪,一口一个小姐姐,这是在丽春院吗?

是从什么时候,借东西的都成了大爷了?

抛开借钱这个大话题不说,我觉得当你借了别人的东西时,原物归还是基本,你还应该特别小心仔细地爱护那些借来的东西。

大家都知道很多东西,经不起几次折腾,新的就能变成旧的了,我借给你的时候是一手货,假如你不加爱惜,回来的时候就成了二手货了。

想起前年刚买车的时候,不到两个月,朋友找我借车,说要去泡妞,开新车比较有面子,我碍于情面,借了。

不料当天晚上回来的时候,我发现车身上多了几个划痕,我问朋友,是不是停在哪里不小心被人刮了,查没查过监控。

朋友说:"嗨,那个啊,我从车库出来的时候不小心刮擦的,你这车太大,我不适应,你明天找保险公司报个划痕险就行了,反正是新车。"

我忍着没骂他,新车不到两个月就送去 4S 店维修,喷漆是小事,态度是大事,你做错了事,还装作没事人似的,轻描淡写地来一句,这点小事你就别跟我计较了。

第二次朋友又找我借车，我没借，朋友就说我这个人太较真、爱计较，说："汽车就是一个代步工具，这么小气干什么？"

既然只是一个代步工具，你开你自己的不就完了，问我借什么？

我是爱计较，因为我要是不计较，你就能问我借第三次、第四次。

3

说回白莲花这件事，我首先希望很多找别人借东西的人明确意识到，借和给是性质不一样的，我借东西给你，借出去的不仅仅是东西还有感情，如果你拿着我给你的情分随意挥霍，不好意思，请你把借我的还给我，吃了我的吐出来。

小 A 在上个月借了朋友一个旅行箱，回来的时候到处都是磕痕，还很脏，她说她再也不想借给别人东西了。

小 B 在读书的时候经常借给室友洗衣粉、沐浴露、护肤品，甚至吃饭的饭卡，可借出去的东西总像泼出去的水，一年下来室友都没有买过护肤品，她说自己从此以后愿意做个难相处的人。

小 C 在发完年终奖以后，朋友圈秀了一波，准备拿着这个钱出去旅行，朋友找她借钱说，自己有急用。她借了，自己旅行的计划延迟了一年，朋友却拿着她的钱早早背上了 LV 的新包。

可能很多人会说，借出去的东西，再怎么小心使用，可能还是会有使用过的痕迹。我觉得这句话是没错的，既然我选择借给你，在适当的程度下，我自然是可以接受的，可凡事都有一个度。

当你打破了这个度，就像破坏了规则，我和你翻脸，找你索赔，都是理所当然的。不是我这个人爱计较，太小气，我只是在维护自己的权益。

即使我借给你的东西再小，那也是一份情谊，永远记住，借给你东西的人不欠你什么。

为什么要谈恋爱，一心只想赚钱

"谈来谈去都是渣，爱来爱去都是分，
不如一心挣钱"。

1

朋友维维被她妈逼婚了。

她妈给她找了个特别满意的相亲对象，有车有房，不抽烟不喝酒人还老实，但她妈不知道的是，维维那个劈了腿的前男友来找她，两个人早就奇迹般地复合了。

知情的朋友当初都劝维维别傻了，劈了腿的男人，指不定还会再伤你一次。可维维善良，还是不计前嫌地和他重新开始。

同居生活才刚开始没多久，生活上大大小小的开支都是她掏钱，做家务买菜样样都是她来，而男的只要一回家就瘫倒在沙发上玩手机，偶尔枕着她的肩膀说一声"老婆，辛苦了"。

维维发烧到39度的时候，他说"你自己去看医生吧，乖"；

逛街的时候看中一个包,他说"你把买包的钱省下来我们可以吃一顿高级日料了";公司加班到很晚的时候,他说"你一个人走夜路要小心,我就不来接了"。

这些她都忍了,也心甘情愿地为了这段感情付出。可是某天,她玩iPad的时候,无意间发现男朋友没有退出的微信,点开一看,发现男朋友居然背着她在外面约炮。

维维绝望了,发誓自己再也不恋爱了,也推掉了家人安排的相亲。

为什么我们非要谈恋爱结婚呢?如果遇到不好的人,还不如自己单身来得舒服。

2

单身的你,是因为什么而拒绝恋爱的呢?有的人宁缺毋滥,有的人却因为一个人丧失了爱的能力。

想起之前的一个兄弟,跟女朋友在一起一年时间。他对自己非常抠,但是对女友出手非常阔绰,隔三岔五地就给女友买买买或者发个红包什么的。

他跟我说,跟女友在一起的那一年,他没舍得为自己买过一件衣服,为了送她生日礼物他连续吃了一个月的泡面。而这些女友都不知道,他也没好意思告诉她。

随着银行卡的存款越来越少，他们之间的争吵也变得越来越多，每一次的争吵女友都会拉黑他的微信、电话，但是他总能想出新的方法哄她。最夸张的一次就是，他连支付宝好友都被拉黑了，只能选择转账来表示自己的心意。

一次次的付出，让他越陷越深，最后却换来女友一句分手。

从那以后，他用近乎自残的方式，告诉自己，一定要学会放下。他删光了朋友圈，换了新的头像，扔了有关她的一切东西。

他说："我可能再也没办法重新爱上一个人了，只想赚很多很多的钱来满足自己。"

3

有时候，我在想，与其勉强一段不合适的爱情，还不如单身来得痛快些。

人生有时候是场寻找自我价值与存在感的旅程，但是我们往往最失败的就是通过妥协的方式努力地在另一半身上找所谓的安全感与存在感，这样的存在感实在太过于卑微。

而当你一心赚钱的时候可以不用去想太多，不用想她饭吃了没、现在在干吗、今天有没有想我这些无聊的问题。

有谈恋爱的那个精力和时间多赚点钱不好吗？单身一个人，又多金，喜欢什么给自己买什么。想去哪里就去哪里，不用照顾他的感受，不用替他省钱。

我相信，有的时候钱真的比一些渣的爱情更靠谱。

靠山山会倒，靠爱情人会跑，还不如靠自己来得更有安全感一些。

4

我听到过最心酸的一句话是："我才20出头，已经不会爱了，可能会孤独终老了吧。"到底需要经历怎样沉重的感情，才会让一颗年轻的心瞬间老去？

我说："那就努力赚钱吧，这样会好一些。"因为爱来爱去都是狗，所以我们才选择独立。当爱情没有的时候，有钱，至少生活还过得潇洒。可如果没钱，只有爱情，那么当爱情破碎的那天，才会无比地绝望，意识到自己其实真的是一无所有。

感性的我们总是在期待一份可以打破金钱、打破距离、打破阻碍的爱情。爱情至上，是多么感人多么令人向往的一件事啊。

可现实往往会狠狠地打我们的脸，一个个渣的不行的前任、一段段谈了就分的爱情，让越来越多的人选择了单身和独立。

我一直和我的粉丝说，宁缺毋滥是对的，女性独立也没有错。

说真的，如果遇不到一份好的爱情，还谈什么恋爱，不如一心只想赚钱。

一哄就好的人，活该你受尽委屈

"凡事事不过三，
攒够了失望就离开。"

1

有的女生可以在爱情里作上天，而有的却偏偏懂事得让人心疼。

叶子说，她已经不知道这是第几次原谅自己的男朋友了。

每次当她下定决心想要离开的时候，男友总是信誓旦旦地和她说："宝宝，我只爱你一个人。"

也许是两年的感情太难舍弃，每每男友一开口试图挽留，叶子便再也没有勇气迈出那道门。

可是同样的伤害伴随一句轻描淡写的解释，并没有因此停止过。男友不仅和前女友保持着暧昧的联系，微信里也频频出现很多女生的信息。

说一万遍我爱你，不如好好在一起

也有人看到他曾在深夜搂着陌生的女孩子从酒吧里出来，这些叶子都知道，每当她红着眼睛质问，男友都花言巧语地敷衍了过去。

叶子很珍惜这段感情，也不想显得自己太作、太小气，所以哪怕受到什么委屈，也都默默地忍了。

可在叶子的生日那天，男友不但忘了这回事还通宵出去和朋友喝酒，叶子所有的小情绪和不满就在瞬间爆发了出来。

叶子说："在这段感情里，自己不断地在妥协，因为我很喜欢他，喜欢到了只要他不开口提分手，我就会固执地等下去。我总是盼着他会改，会变成我的超级英雄。别人总是说我脾气好，能忍，但其实心里的委屈也只有自己知道。"

被利刃刺伤过怎会忘记，原谅只是为了不失去罢了。

2

大概女生都有心软的通病。

尤其是在面对家庭、面对喜欢的人的时候，总是会一味地去迁就对方，给爱情一次次机会。

还记得去年曝光的刘洲成家暴导致妻子流产的新闻吗？在妻子 KIKI 曝光的那几条短信中，刘洲成对于"打老婆"这个行为一次次地进行诚恳的忏悔，他不停地哄着妻子，发誓自己一定会成为一个合格的丈夫。

可是一次次的原谅和妥协换来的是什么,根本就不是安稳和幸福,而是变本加厉的家暴。

KIKI 说在这段分分合合的婚姻里,她饱受折磨,无数次的容忍是因为以为一个男人对自己的孩子和妻子会疼惜,但是事实证明她错了。

朋友说,她太能理解这种心软的女生了,总以为他会改,总想再给他、给自己一次机会。

但是你忘了,其实在第二次第三次遭遇失望的时候,就说明他根本改不了,永远不要和渣男浪费时间、浪费感情。

凡事事不过三,攒够了失望就离开,女生应该学着酷一点,离开了就再也别回头。

3

很多人都问过我同样的问题:一个背叛过你的人,还要给对方第二次机会吗?

其实当你犹豫的时候,就证明你的内心对这份感情还有着一丝的留恋。

我不是一个喜欢劝别人分手的人,但是我想告诉所有女生的是,永远不要轻易地去原谅任何一次伤害。你的大度,你的忍让，你的付出，有时候并不会得到他的尊重和感激。

为什么？因为出轨和背叛的成本太低，你一次又一次的原谅，换来的是他越来越无所谓的态度。

我相信所有心软的姑娘都是善良懂事的好姑娘，但是善良过度，只会给别人提供下一次欺负你的契机。适当的反击和脾气才会让人看清你的底线在哪里，心狠一点，活得潇洒一些。

永远不要被爱情蒙蔽了双眼，也千万不要拿自己的未来当赌注。

4

为什么懂事的女孩接二连三遇到渣男，反倒是那些作天作地的女生就有人宠呢？

朋友说，并不是懂事的女生就注定没人爱，而是和她们在一起太省心，你不需要为了自己的一次犯错而忏悔什么。一旦习惯了这样的设定以后，渐渐地就变得麻木，变得肆无忌惮了。

所以啊，不管你有多爱一个人，都先要好好爱自己。

你有没有想过，当你每天熬夜想他想到流泪的时候，他已经睡了，并且醒来也不会给你发一条消息。

你有没有想过，当你含着泪半小时打了一条短信的时候，他回复给你的还是一句不痛不痒的话。

你有没有想过,当你原谅一个背叛过你的男人的时候,他还是会继续背叛你,因为你一哄就好了。

爱并非柔软,有时候更需要锋芒。

没有女朋友的男人，每一天都在浪费钱

"有机会谈恋爱的时候，
千万不要舍不得花钱，
因为单身更烧钱。"

1

夏天的某天，和花轮一起出去喝下午茶，我一直觉得，能在这样炎热的天气出门的一定都是真爱。

我和花轮说："这么热的天我都出来陪你喝茶了，这顿你请吧。"

花轮当时就不吭声了，一个人在那边叨叨，说了一些我听不懂的话，然后和我说了一句："今天这顿我不能请你，我这个月已经浪费太多钱了。"

"Excuse me？大兄弟，你在说什么呢，我怎么一句话也听不懂，你浪费什么钱了？你浪费钱和请我喝茶有什么关系？"

花轮说："是这样的，我认为一切不以找对象为目标花的

钱都是浪费，一切不是花在异性身上的钱更是浪费，所以我请你一个大男人喝茶，纯属就是浪费钱。"

我问："这是什么说法？"

花轮说："我这个月和你们几个喝了四次酒，花了5000块钱，吃了两顿夜宵，花了1500块钱，还有一些七七八八的小钱，加在一起快小1万了，你说这个钱花出去了，我换回了什么？

"什么都没有对吧？你说如果我现在谈个女朋友，我把这个钱给她买包，给她买零食，买水果不好吗？我带她去吃好吃的，去水上游乐场玩不好吗？

"所以我得出一个结论，不是花在女朋友身上的钱，都是浪费。"

2

你们有没有听过这样的歪理？

不是花在女朋友身上花的钱，就是白搭的。

不是花在女朋友身上的时间，就是虚度的。

不是用在女朋友身上的爱和关心，就是多情的。

歪归歪，为什么我听着好像有点道理呢？仔细想想，一个单身的男人，一个月为了打发空虚寂寞冷，到底要浪费多少钱呢？无聊了约朋友喝酒要花钱，在家打游戏要充钱，参加联谊派对要花钱，偶尔做个大保健也得花钱。

不是有句话是这么说的吗，单身时浪费的钱，都是不谈恋爱脑子里进的水，有什么孤独不是找一个女朋友能解决的呢？

朋友说，男人和女人最大的差别就在于花钱。单身时期的女人，她们的钱都是花在自己身上的，给自己做SPA，给自己买护肤品，约闺密去逛街，买买衣服，做做指甲等。而单身时期的男人呢？他们的钱都是花在别人身上的，找个小姑娘调调情发点红包，吃个牛排，去酒吧寻找一下艳遇，开一桌酒，晚上再开个房等。

你说这不是在浪费钱是在干什么，撩了那么多还不是单身，睡了几个酒吧妹还不是单身？

3

有机会谈恋爱的时候，千万不要舍不得花钱，因为单身更烧钱。

记得有一次，我和朋友一起出去玩，他们是一对情侣，我就单身狗一只。我们一起开车去太湖吃大闸蟹，一来一回住了三天，回家的时候，一算钱，我居然花的比他们两个人加一起还多。

我当时就懵了，为什么啊，我就一个人啊。

朋友说："你一个人住宿还不是要开一间房，你一个人吃饭还不是要吃三个菜，你一个人包车环湖还不是要一辆车。"这笔账算得我心疼不已，我还不如带个女朋友出来玩呢。

现在的社会对单身狗真的是充满了恶意，出去买杯奶茶，得知第二杯半价，我呵呵；想出国旅行，得知单人房差要补几乎一半的团费，我呵呵；和朋友出去吃饭，得知情侣套餐可以打折，我呵呵。

所以有的时候，单身花的钱真的一点都不比谈恋爱的少，与其在那里一个劲地浪费钱，还不如找个女朋友给她花钱呢。

4

一支口红三五百块钱是真的不贵，因为单身无聊去喝一次酒三五千是真的很贵。

钱赚了就是用来花的，可怎么花区别就很大了，你把钱花在外面的女人身上，就是养小三，你把钱花在自己的女人身上，就是好男人；你把钱花在游戏、喝酒上，就是浪费钱，你把钱花在女朋友身上就是宠爱她；你把钱花在一切不必要的开支上，就是不值得，你把钱花在女朋友身上就是值得的。

爱情不会因为你给她花了多少钱而变质，但是爱情会计较你是不是愿意给她花钱的态度。

男人啊，有的时候就是这样，一方面抱怨说，谈个女朋友真的很烧钱；一方面单身以后又每天都在浪费钱。每一次收到信用卡月账单的时候，都会说一句："唉，这些钱还不如给女朋友买个戒指呢。"

何必呢？花在女朋友身上的钱好歹是看得见的钱，花在外面的钱，连个水漂都看不见。

其实吧，谈个恋爱真的挺好的，有个女朋友多好啊，可以替你省钱，可以帮你摆脱寂寞，可以让你不再喝酒熬夜。

所以，真爱啊，你到底什么时候出现，我不想再浪费钱了，我想为你花钱啊。

为什么女人都是购物狂？

"女人每5秒就要想到一次购物，
这种痴迷甚至超过了与自己的伴侣相处。"

1

某天，我一个基友因为自己女朋友不停地买买买两人吵架了，闹得不可开交。

基友和我说："我是真的不太懂，我女朋友怎么就那么喜欢买东西，有用的没用的，买了一大堆。上星期，我陪她去逛街，她又买了两支口红、一个包、两双鞋子，你知道吗？她家都快堆不下了，她还要买，我忍不住说了她几句，她还有理了。"

他女朋友一本正经地说："女生如果一个月不买衣服包包鞋子，抑郁症的发病率将明显高于同龄人。同时更有专家指出，买买买不是病，不买东西的女生可能存在严重的心理问题，容易有抑郁的倾向，请家人密切地关注女性健康，做好防范工作。"

基友听完以后一脸懵逼，"买东西是可以，可买一堆都用不到的，真的不浪费吗？那些口红、衣服、鞋子，她买回去都用不上几次，放着看吗？"

听到这里我忍不住笑出了声："恭喜你，还真答对了，她们就喜欢那些好看的包、漂亮的衣服鞋子，即便自己不怎么穿、不怎么用，可买回去放着看也是很好的。"

我以前谈过一个女朋友，特别喜欢买一些不符合她尺寸的衣服，用她的话说，"衣服特别好看，不买回去太可惜了，先买了，等以后瘦了，就可以穿了。"

其实女生买买买，这真的不是什么特别大的问题，就好比我们男生喜欢去喝酒，她们花好几千买衣服、买包包至少还有实物带回家了，而我们呢，花了好几千喝酒，喝出胃病不说，还没有任何意义。

可你假如问我："你喝酒有意思吗？"我一定会回答你："当然有意思，多好玩啊，开心就好，有钱难买我乐意。"

女生扫货其实就是这个道理，她们开心了喜欢买东西庆祝，她们不开心了喜欢买东西排解，这真没什么不好的。

2

"普拉达的专柜打了98折，我要赶紧给她买个包。"朋友大可和我说："以前我特别不理解自己的女朋友为什么总喜欢购物，逛淘宝。每次淘宝有什么活动，她都能买好多东西回家。每次商场打折，她总能把这个月的工资花完。我总说她，能不能不要这么败家，能不能少买点东西，可她总不听。

"有一次，我偷偷出去和朋友喝酒被她知道了，我自知犯了错误，态度那叫一个低，可还是哄不好，后来还是她闺密给我出主意，我买了一个她喜欢的包才哄好的。

"那个时候，我突然挺庆幸女朋友喜欢买买买这件事的，犯错的时候，可以用买东西来表达歉意，纪念日的时候，可以用买东西来表达喜悦。

"有时候我在想，如果这个世界上没有女人，那么男人赚钱的意义在哪？"

3

女生在什么时候的购物欲是最鼎盛的？换季的时候，出新品的时候，朋友推荐的时候，看美妆视频的时候。

CC跟我说，就在刚过春节，我们都还穿着厚棉袄的时候，她的衣柜中已经妥妥地排放好了早春款的时尚单品、夏季款的爆款。

之后某天，我看她发了个朋友圈，已经一口气买了5双高跟鞋来迎接夏天了，顺便断食1周减肥一个月，以表示对夏天的欢迎。

有时候，女人为了美丽简直到了丧心病狂的状态。

记得我之前有写过一篇文章《一个月赚8000，生活费只用600的女生是怎样的？》，当时后台收到最多的留言就是：一个月赚5000但是花1万的女生怎么办？好绝望。

西方有句古话："把东西卖给有钱、有势、有需求的人。"

现代女性普遍经济独立，在家庭购物中大权在握，堪称"有钱有势"。而说到有需求，最近英国一本时尚杂志的调查结果作了最好的注脚："女人每5秒就要想到一次购物，这种痴迷甚至超过了与自己的伴侣相处。"

4

有人说，女人喜欢购物打扮自己全部都是为了给男人看。

其实以前无知的时候我也是这么以为的，但是最近有个朋友跟我说：女人化妆打扮有时候不仅仅是因为男人，更多的是给街上的其他女人看的，真的跟男人没几毛钱的关系。

在面对生活中带来的压力时，男生喜欢通过喝酒泡妞来减压；而女生则更容易把购物当作是宣泄、解压的一个途径。

女人是天生的购物狂，对于购物有着潜藏在身体中的一种欲望。

有时候不得不承认，这个世界上如果没有女人的话，那么所有的金钱将存在得毫无意义。

你养了自己那么多年，嫌过贵吗？

"你一个人养了自己那么久，都没嫌自己贵，
凭什么还要找个人来给自己添堵？"

1

去年有几天，我饱受一个即将分手朋友的骚扰。朋友和我说："这几天，我天天和男朋友吵架，520的时候，我的闺密都在朋友圈秀着礼物鲜花红包，就我什么都没有收到；儿童节的时候，我问他要我的儿童节礼物，他冷冷地丢给我一句话，'你都多大了，还要过儿童节，幼稚不幼稚。'

"这也就算了，平时跟他约会我都会花1个多小时的时间来化妆，去理发店洗个头，带上一次性的美瞳，前一天，我还会去做一个指甲，为的就是能够精致地出现在他的面前。

"但是他倒好，每次约会几乎很少来接我，理由竟然是我家住得太远，开车过来油费太贵；在一起三个月吃的最好的餐厅就

是必胜客了，平常都是带我去广场地下室的小吃一条街随便吃点。

"有一次，跟他逛街的时候我说想吃个哈根达斯，他瞬间就黑着脸说：'吃什么哈根达斯，跟肯德基的甜筒不是一样的吗！'

"有时想想，特别地不平衡，我从来没要求过他给我什么，但是他却一点也舍不得为我付出。"

说真的，其实我特别不理解某些男生的想法，你要是小气不喜欢付出，或者不愿意给女朋友花钱花时间，那就别追她啊，你找了一个女朋友，占有了别的男人对她好的机会，自己又不对她好，还让她羡慕别的女生，何必找了一个女朋友，又让她感受不到男朋友的存在？

我心疼这样的女生，谈恋爱的时候不仅享受不到恋爱的幸福，还失去了单身的自由。

你一个人养了自己那么久，都没嫌自己贵，凭什么还要找个人来给自己添堵？

她都还没有让你照顾她的生活，你凭什么唠叨她的消费太高？

2

不知道是不是最近单身的姑娘越来越多，我每天收到的消息里抱怨爱情的越来越少，我特别喜欢这样的现状。

一个在爱情里充满了抱怨的人,不仅不幸福,还容易成为一个怨妇。

婷子和我说:"林熙,之所以我们都单身,是因为现在的姑娘越来越优质,越来越聪明了。"

如果一个男人能给的,还不如原本自己给自己的,要么他真的长得很帅,要么他值得崇拜,否则为什么要答应他的追求,就因为他送的几百块钱的口红?还是因为他请吃的一顿饭?还是因为他时不时地聊骚?

婷子说:"我给你讲个故事,我之前谈过一个男朋友,相处一段时间以后,他希望我搬过去和他住,我没同意,我开玩笑地问他:'你要我搬过来住,不怕被我吃穷吗?'

"我当时也是玩笑一说,没想到他顿时一本正经地问我:你消费很高吗?

"然后,我就把我每个月记录生活开支的明细给他看,他看完以后再也没有提过让我搬过去和他住的想法,也再也没有说过'我养你啊'这样的话。

"从那以后,曾经每天围着我转的人、说要娶我的人突然就渐渐淡出了我的世界。"

男人总希望自己的老婆长得好看又省钱,但是好看跟省钱,这两个词本就矛盾,因为美丽本就是需要靠金钱做基础的。

3

有人和我说，我觉得爱情这个东西真的越来越难了，遇见一个互相喜欢的人很难，喜欢过后彼此相处不吵架也很难，发生矛盾的时候互相理解更难。

我说，其实仔细想想，这好像就是如今普遍的一个现象，离婚率高，出轨率高，爱情没有安全感，单身的人越来越多，优秀的人越来越挑，结婚的年龄越来越晚。

有的时候总听人说，女生对男生的要求越来越高，又要宠着女朋友，又要对女朋友有空，又要秒回秒接女朋友的信息和电话，还要给女朋友花钱。

可是，男生对女生的要求就低了吗？他们既要女朋友长得好看带得出去，又要平时乖乖在家不出门玩；既要女朋友温柔可爱，又要不吵不闹；既要女朋友不失档次，又不舍得给女朋友花钱。

我们只不过是在根据自己的要求，寻找一个合适的伴侣罢了。

生活难道不应该是这样吗？你根据自己的生活习惯，建起一个选择的桥梁，让符合要求的人走进来，然后把桥拆了，告诉别人，我心里有人住进去了，他对我很好，我过得很幸福。

4

你自己养了自己那么多年,都没有觉得累,可你找了一个对象,都还没有养你,也没有开始照顾你的生活,就开始对你挑三拣四,觉得你这个不好,那个不好,要求你这样那样,完了还不舍得为你付出。

小曼说,遇到这样的男生就早点分开吧,有些原则是不能改的,一味地委曲求全换来的绝不是幸福,而是一次次降低自己的底线。

一个女生的恋爱状态应该是这样的,在她一个人的时候,她能独立地照顾好自己,让自己活得很高级,不会委屈了自己。在她遇到真命天子的时候,她不用对方多么英俊,不用对方多么有钱,但是对方能照顾她的生活,明白她的习惯。

你习惯了爱马仕的香水,他绝不会让你换了用六神;你身上背的是 LV 的包,他绝不会让你卖了换街边的 A 货;你的月开销是 5000 一个月,他绝不会让你节省到 3000 一个月。女生养自己的成本很高,而她们对男朋友的要求其实只是正常生活里的一小部分,如果连这一点都做不到的话,这个恋爱不谈也罢。

别小看了一个女生的生活开销。

她们让你花的,真的只是很小的一部分。

让自己变珍贵的方法，就是要慢慢学会拒绝

"一个不太珍贵的人，
得到了，Ta又怎么会格外珍惜。"

1

不知道你会不会跟我一样，在喜欢的人面前就会变成一个"烂好人"。

不懂拒绝，哪怕受到了什么委屈也是往心里咽。

燕燕说，她太能理解这种感受了，明明道理都懂，可还是会不由自主地去满足他所有的要求，就算心里头有一万个不乐意，到了嘴边却说好。

明明不想那么快和他上床，却因为顾虑到对方的感受而不敢拒绝。

明明没什么存款，却因为对方一句想要借钱的话就毫不犹豫地借了出去。

明明不喜欢酒吧里杂乱的环境，却因为对方喜欢喝酒而夜夜将就着。

人有时候很矛盾，虽然很讨厌那个不懂拒绝的自己，但是转身面对喜欢的人的时候，又是满嘴的"我愿意"。

往往这样的结局却总是适得其反，受惠的那个人根本不知道你为他所妥协的一切，久而久之还会觉得你好弄，让你做什么都理所当然。

有时，我觉得不懂拒绝可能不单单是一种社交障碍，也是一种情感障碍吧。

一个不是太珍贵的人，得到了，Ta又怎么会格外珍惜。

2

之前，有位读者和我聊起自己的感情生活，说不知道该如何与男朋友相处。

她的男朋友是个很自私霸道的人，对她经常下达很多指令，不允许她跟公司里的男性说过多的话，不允许她下班以后跟同事聚餐，不允许她忤逆自己。

读者说，有时候跟男友在一起很累，什么都要顺着他，让她觉得特别压抑。

我问："你们刚认识的时候他就是这样的么？"

她说不是，刚在一起时两人的关系跟普通男女朋友差不多，他也不会对她要求得太多。

我继续问："是不是你做了什么出格的事情导致他这么敏感？他也会让你管制吗？"

她说，两个人的关系中只有自己是被管的那一个，而且没有权力拒绝，男友会开始这样对她只是有次因为工作原因跟男同事聊了很久，男友吃醋了，就开始限制她的自由。但是男友有时候会跟别的女生聊天，却不允许她问太多。

她很想反抗，却又不知道该怎么去拒绝。

其实人有时候很聪明，两个人刚在一起时因为彼此不了解所以都会适当地"伪装"自己，一旦了解之后就会渐渐地试探对方的底线。当对方试探你的时候你不懂拒绝，就会把自己的底线拉得很低。

这样的情况最终换回的只是不对等的感情状况，和变得不珍贵的你自己。

因为真爱不是一味地靠限制来维持，想要保持舒适长久的关系，靠的是共同尊重和吸引。

3

有一种不懂拒绝是拉低自己的下限，还有一种不懂拒绝就好像一个 24 小时待命的钟点工。

朋友跟我说自己曾经追求过一个男生，她当时视男神为上帝，男神说东她从不往西，如果男神想要天上的月亮，那时候的她大概也会拼了命去摘来满足他。

她以为顺从就能俘获男神的芳心，但是没想到男神却将她当成保姆兼备胎。

男神经常会在半夜 1 点的时候喝得烂醉打电话给她，让她陪他，她每次屁颠屁颠地打了车去找男神，抛开所有女生所谓的矜持稳重，酒店她开，车费她付，男神从来没有跟她说过一句：谢谢你。

有一次，吃火锅的时候男神想吃猪脑，但是他们吃的那家店没有，朋友就跑到两条街对面的火锅店替男神打包好了送过去。

她出国旅游的时候，男神让她买一双限量款的球鞋，她知道这款鞋非常难买，需要凌晨就到店外去排队，那天她一晚上没睡觉，就为了帮他排队买鞋。

她为他做了那么多，最后男神却跟她说：你挺好的，只是我觉得我们不合适。

她当时觉得自己就像个笑话，以为为他做了这么多他就会离不开自己，原来她做得越多对方反而越想尽快地摆脱自己。

因为不懂拒绝有时候也是种道德捆绑,当这份捆绑关系让对方感到有压力的时候,他随时可能会抛弃那个好说话的你。

4

成人世界的相处之道就是懂得适当有度地拒绝,这样才能获得对方的尊重。

有些人面对异性追求的时候不懂得拒绝,就会让人以为你轻浮,来者不拒。其实你就是简单地不知道怎么拒绝人而已。

有些人面对喜欢的人不懂得拒绝,就会让人感觉你好欺负,根本不拿你当回事儿。

真正爱你的人跟理解你的人,不会因为你的拒绝而为难你或者远离你,那些在被你拒绝之后离开你的人本就是些功利之人。

宁可高傲到发霉,也不要委曲求全趋附于人。

记住,坚强永远比矫情漂亮,让自己变珍贵的方法,就是要慢慢地学会拒绝。

Part3
我在意的是，你对我的态度

能看穿你的逞强的男人，加一千分

"因为一生都在失去，
都在碰壁，所以一生都要酷。"

1

在我们的身边，总有一些活得很酷的女生。

失恋了不哭不闹，生病了安然吃药，委屈了抱抱自己，一个人闯荡江湖，酷得像风，野得像狗。

她们习惯把所有的酸甜苦辣都积压在心底慢慢沉淀，习惯了承受孤独和失去，习惯了在白天学会伪装，习惯了每天背着自己最酷的铠甲。

小雨说，一个人单身久了，就会变成一个刀枪不入的女汉子，样样都靠自己，所以样样都自己来，明明受了委屈也非得说没关系，明明有时候很累也非得逞强说一个人很好。

也许是经历了大风大浪，凡事也都习惯了靠自己咬咬牙挺过去。一个人不坚强的话，软弱给谁看。

似乎很少有人能看到她们哭，看到她们脆弱得像个孩子般手足无措，相反，在旁人眼里，这样的女孩往往既懂事又坚强，仿佛不需要被别人照顾，就能过得很好。

她们被当做不懂柔情的女汉子、孤傲强势的女强人，独立的让人羡慕，也同样让人心疼。

2

有人想做瓶盖都拧不开的小公主，也有人想当一个披荆斩棘的女英雄。

记得可可就是这样一个全能女汉子，行李自己拿，口红自己买，灯泡坏了自己修，没人陪一个人也能逛街看电影。

可可以前经常说："如果有一天，我恋爱了，那我的男朋友该有多幸福。我不用他花很多的钱来养我，也不用他花很多的时间来陪着我，他只需要有一颗爱我的心就好。"

后来有一天，可可真的恋爱了，她的男朋友比她小三岁，刚在一起的时候也是信誓旦旦地对可可说了很多好听的情话，说会照顾她，说会一生一世都爱她。

也许时间是感情的一剂毒药，久了就会渐渐发现当初说好的一切都不算数了。

说好的照顾变成了你生病，他依然选择在家打游戏；说好的爱变成了冷漠,甚至是无休止地背叛和出轨。

每一次争吵,可可都安慰自己说,感情不要太计较,要站在对方的角度去思考,可也正是这种懂事的想法把男朋友一步步给宠坏了。

男友最终和她提出分手,选择和一个看上去柔柔弱弱的"绿茶婊"在一起,他对可可说:"你一个人也可以,但是她没我不行。"

可可没有纠缠,也没有在他面前挽留,她说:"我当天就删光了他所有的联系方式,和几个好姐妹们在酒吧开了个包厢玩到了凌晨,在别人眼里我爱得一点都不狼狈。

"可是你知道吗?我已经有好几个月没办法入睡了,我很想他,经常一个人躲在房间里哭。我一个女孩子来外地打拼,谁希望自己过得那么坚强,那么独立,还不是被生活给逼出来的。"

你希望有人能看穿你的逞强、你的脆弱,能给你一个踏实的拥抱,可惜却始终没人懂你。

3

所有人都教你坚强和懂事,却没有一个人教你示弱。

有人教你强大、教你防备、教你生存,你学会了逞强、学会了一个人很酷,却脆弱得一碰就碎。

小漠说，也不知道从什么时候开始，女生独立自主稍微有点事业的就被贴上女强人的标签，就好像意味着她可以百毒不侵、刀枪不入了一样。

明明心里装着一个受伤的小孩，就因为有着强势的外表，偶尔的示弱却变成了别人眼里的矫情。

似乎一旦被贴上"女强人"的标签，就注定了是个不需要被保护的角色。一个人的时候你在逞强，两个人的时候也是你在硬撑，天塌下来的时候还是你自己扛。

有时候，其实真的好累，累到刻意地坚强，忘了自己也是一个想要被保护的弱女子。

4

没有人想做一个四处征战的女流氓，只是谁也没有把她当个小姑娘。

朋友说，因为一生都在失去，都在碰壁，所以一生都要酷。

不想让别人看到自己太狼狈，不想让别人嘲笑自己的不如意，更不想把太多的负面情绪带给身边的人，所以我们总是拼命地挤出一丝微笑，去掩饰和保护自己。

逞强的另一面是想要被爱，想要被保护，想要被读懂，想要被满满的幸福感包围，想要大笑大哭还是会被紧紧抱住。

女人最讨厌小气的男人,不是因为他穷

"说你小气,不是因为你穷
而是你态度有问题。"

1

女人最讨厌什么样的男人?

有人会说自己最讨厌直男癌,和这样的男生在一起分分钟就想把他的脑子打开,看看他的三观为什么可以这么变态。

也有人会说自己最讨厌遇事就作的男生,和这样的男生在一起简直是场灾难,天天没事就吵架。

但是我想,如果给这些缺点定一个标签,然后投票,"小气"一定能占前三。

我问妮妮:"你们女人为什么讨厌小气的男人,是因为他穷,没法给你们花钱吗?"

妮妮说:"别把全世界的女人都想得那么拜金,绝大多数

的女生都是很务实的,她们只是渴望一段好的爱情,被关心、被照顾,她们从来没有想过非找个特别有钱的富二代不可。女人之所以说讨厌小气的男人,不是因为他们穷,而是他们的态度有问题。"

妮妮继续说,我给你说个故事吧。我之前找过一个特别有钱的男朋友,他的父亲是一家上市公司的副总,他的母亲开了一家英语培训机构,他自己就在他妈的公司里做个闲差,天天没事就开着豪车约朋友吃饭喝酒。我们在一起交往了一年,他给我送过的唯一一份礼物是生日那天的一束鲜花。

后来我们分手了,分手那天他打电话给我,问我为什么非要分手。他说,我哪里不好了?像我这么好条件的男人你不好好珍惜,还要和我分手。我说,你有钱那是你的钱,和我没关系,和你在一起我感受不到你的爱,整整一年了,你从来没有给我送过一份有心意的礼物,我对你心冷了。

再后来,我又找了一个男朋友,他的条件没有前任那么好,家庭普通,工作也一般,可是他很爱我,圣诞节会送苹果给我,元旦会买口红给我,生日的时候会做蛋糕给我吃,也许他永远都没法给我买奢侈品,给我买昂贵的戒指、限量版的包,但是我很爱他,因为他在力所能及地为我付出,给我爱,给我关心。

我想是啊,绝大多数的女人说一个男人小气的时候,一般都是在吐槽这个男人做出了一些匪夷所思的事情，比如和女朋友一起吃饭，一看金额贵了就迟迟不肯买单；比如和女朋友出门逛街约会，连只冰淇淋都不舍得给她买；比如过年过节发红包了，别人都是 52 或 520 地发，他发的却是 5.2。

你有听过哪个女的会对自己的男朋友说，你连一只 5 万块钱的包都不舍得给我买，你真小气吗？但你肯定听过，你连一个 52 块钱的红包都不给我发，你真小气，因为 52 块钱的红包谁都发得起，不愿意发就是态度有问题。

2

其实身边这样的情况特别多。朋友和我说，有一次，她和几个小姐妹去西塘古镇玩，晚上她们在酒吧喝酒的时候，隔壁桌的几个男生过来搭讪，邀请她们过去一起玩。

让她没想到的是，酒是一起喝的，喝完了那几个男生连反应也没有，硬生生等着她们几个女生又买了一套。

更夸张离谱的是，喝完酒以后男生邀请她们去吃夜宵，说经常来这边，认识夜宵店的老板，特别好吃。朋友心想第一次来这边玩，也不知道哪些店好吃，刚好有人邀请，就干脆一起去了。

让她更没想到的是，到了夜宵店以后，男生招呼也不打，也不问她们爱吃什么，自己就一口气点了一堆有的没的。最后吃完买单的时候，男生说："我们大家AA吧，我们是两个人，你们是四个人，我们两个把钱给你们，你们去买单吧。"

朋友回来以后连发三条朋友圈，说："从来没有见过这么小气的男人，气死我了。"

听完这个故事，我真替这样的男人害臊，夜宵是你邀请别人去吃的，菜是你点的，买单的时候，你说AA也就算了，还要按人头算，人家四个小姑娘还没你们两个男生吃的一半多呢，你怎么不算？

这样小气的男人丢了绅士风度不说，连基本的礼节都没有了。

3

在书上看到过一句话，印象特别地深，"对于大方的人，我会比他更大方，对于抠搜的人，对不起，我比你更小气。"

我一直很欣赏这样的男人，他不会对身边每一个异性都很好，他也不会像一个中央空调一般暖着身边所有人，他在生活上是小气的，但是在爱情里，他是大方的，他会把所有的好都给另一半。

电影《北京遇上西雅图》里，吴秀波对汤唯说过："这钱啊，能买法餐,买游艇,但是也能买星期一到星期五早晨的豆浆油条,关键是看你怎么想。"

我觉得这句话特别地好,你有钱,你能买法餐,能买游艇,可你不愿意花在我的身上,即便你再有钱也和我无关。你没钱,你只能买得起星期一到星期五早上的豆浆油条,但是你能每天早晨起床跑好几条街为我送上一份热乎的早餐,我更爱这样的你。

有的时候说男人小气真的不是因为钱,而是人心。

4

这个社会对于某些敏感话题永远都是不公平的,一个女生吐槽自己的男朋友过分小气的时候,明明是弱势的,可总会有一些吃瓜群众对你的话产生诟病,他们会说是你太拜金了,是你太现实了,是你不够大度。

有的时候,我是真的不懂,什么叫拜金,什么叫现实,什么叫不够大度。难道一个女人跟了一个男人,什么都不指望,什么都不要求。跟着这个男人替他传宗接代,把一辈子奉献给了他,这才叫对吗?

我就不明白,大家都是人,你希望你的妻子美丽端庄,对你大方,给你自由,带得出门,领得回家,然后你什么都不肯付出，这样的妻子是天上掉下来的吗？你还要求她和你在一起以后，像个圣人一样，无欲无求。

温柔端庄不是天生的，漂亮大度也不是从小就有的，这些都是她们拿金钱、拿青春堆出来的。你对她小气了，你还如何指望她给你爱，给你想要的这些？

男人啊，不要再为自己的小气找蹩脚的借口了，也不要指着女生说，她就是嫌弃你穷了，没有人要求过你非要有个几百万的存款，要的只不过是一份你力所能及的爱罢了。

女人啊，别再委屈自己了，对那些小气的男人，大声地说出来，你那么小气，去你的吧。

我在意的是，你对我的态度

"大多数女生在感情上的不理智，
都是因为太爱。"

1

在男人眼里，女人有时候就是那么不可理喻。

某天，朋友说："我女朋友吧，总是为了一点小事就和我闹情绪，和她耐着性子讲道理吧，她不听，事后莫名其妙地就对我不理不睬。就像前几天，我不就是下班顺路载了女同事一程，不巧被女朋友看到后，硬要和我闹，还说以后不能和这个女同事有任何来往。

"我和她解释说，我不过就是顺路带过她三次而已，这么点小事用得着大呼小叫的吗？再说，大家都是同事关系，我至于为了这么一件事和人家闹僵吗？你说说，女人有时候怎么能那么不讲道理。"

我问："那你顺路载女同事下班的事情，有和你的女朋友说起过吗？"

他说："当然没有，我又没出轨，干吗做什么事情都要向她汇报？"

我又问："那你女朋友知道这件事情生气了以后，你除了第一时间和她解释，有好好安抚过她的情绪吗？"

他说："当然没有，我又没做错什么，为什么要去哄她？"

我说："那么换位思考下，假如你的女朋友有一天上了其他男人的车，而且对你没有一句交代，你会不会有情绪？你有了情绪以后，会不会就变得没那么理智了？"

朋友不语。

女人本来就是感性的动物，她们喜欢胡思乱想，喜欢在男人的态度上找到答案，对她们而言，答案有时候并不重要，重要的是你对她的态度。

这不是矫情，也不是无理取闹，而是出于一份在乎罢了。

2

知道男人不痛不痒的一句话对女人的伤害力到底有多大吗？

和小小聊天的时候，她几乎全程强忍着眼泪和我讲完她和她男朋友之间发生的事情。

小小说,她这一辈子不求什么大富大贵,只求能够嫁给爱情,幸福地和他过一辈子。所以哪怕在认识他的时候,他并没有什么经济实力,小小也依然决定要跟他在一起。

男朋友也确实很上进很努力,这些年靠自己出来打拼,出来做生意,也赚到了一笔积蓄。

小小的 25 岁生日快到了,她和男友有天逛街的时候,打趣着说:"生日好想要一个香奈儿的包包,羡慕闺密的男朋友为女朋友总是各种买买买的。"

男朋友听了毫无反应,并且一路上拉着脸,闷闷不乐,小小有点不高兴了,就说:"你平时陪我的时间已经很少了,出来就不能高高兴兴的吗?"

没想到男朋友对她不热不冷地说:"我高兴?你那么有本事去找个有钱的不就得了,我是踏踏实实过日子的人,不是送好几万生日礼物的那种富二代。"

小小瞬间就在男友面前掉了眼泪。

男人和女人的想法有时候真是千差万别,小小说:"自从和他在一起之后,别说香奈儿了,就连一件超过五百块的礼物都没有。我并不是在乎钱不钱的问题,如果我在乎钱,那么一开始我根本就不会选择和他在一起了。我把他当成我生命中不可缺少的一部分,他却以为我在意的是礼物,他不知道他的一言一语都可以让我引发无数个幻想,只是因为我太在乎他了。

"在乎他到底爱不爱我、肯不肯为我付出,所以除了陪伴,总想要得更多,想要浪漫,想要甜言蜜语,想要一个他精心准备的礼物。"

其实女生真正在意的,并不是这些,而是男生有没有为她花钱的态度而已。

3

女生心里有时候会装了很多种情绪,明明道理都懂,却还是忍不住要梦想。

小曼说,大概男生永远也不懂女生为什么会平白无故地作,动不动就哭,闹情绪。其实原本谁都想活得很酷,可偏偏爱上一个人就会变得患得患失,一次次地想要存在感、安全感。

所以女生总是渴望在对方的眼里寻找到那份和自己一样的爱。

我们常被世俗困扰,也会为一些到现在都记不得的小事而闹情绪。其实现在想起来,事情本身已经不重要了,重要的是,事情发生的时候,你对我的态度。

可能我在意的是,你有没有第一时间来哄我,而不是事情的本身。

可能我在意的是,这件事情,你会怎么保护我、偏袒我、让我不受伤,而不是让我自己去面对。

可能我在意的是,你有没有那一颗和我继续走下去的心,而不是现实不现实的问题。

大多数女生在感情上的不理智,都是因为太爱。

4

有时候,男生的态度决定了一个女生的幸福程度。

试想当你难过的时候,他温柔地把你抱住,心疼地对你说,我们好好过,我只要和你一起过,这时候似乎心里所有的委屈都变得烟消云散了。

试想当你们吵架的时候,他不是一个劲地在和你争道理,而是第一时间哄着你、护着你,这时候似乎你早已忘了自己刚刚为什么要生气。

细节决定成败,而态度决定一切,一个男人的爱藏在说话的态度和语气里。

用心去爱,用爱人的态度去对待。

没有人是天生好脾气

"好脾气是天生的吗？

不，他们更懂得管理情绪。"

1

我们常常会喜欢那些脾气好的人。

为什么？

当你忙得焦头烂额看到谁都一肚子火的时候，偏偏他的一个微笑就把你给融化了；当你的好心情碰上一傻逼火上浇油的时候，偏偏他三言两语地就把你给治愈了。

这个世界上每天都会发生很多意外的小插曲，而那些脾气好的人仿佛就是被万人宠着的幸运儿。

"啊，那个小姐姐说话好温柔哦，从没见到过她生气的模样。"

"我们经理永远都是一副温文尔雅的样子，对待任何人都很客气。"

你有没有发现，那些经常面带微笑、善于控制自己情绪的人不仅口碑很好,就连事业和爱情一般也发展得很顺利。而那些在公共场合骂骂咧咧,怒火三丈就像崩堤的洪水般收也收不住的人,往往会跟栽了跟头似的得不偿失。

拿破仑曾说过,能控制好自己情绪的人,比能拿下一座城池的将军更伟大。

毫不夸张地说,一个人的命运跟掌控情绪的能力有着千丝万缕的必然关系。

2

也许有的人会说,脾气和情绪是真性情的一种表现,如果连情绪都得克制,那么活着有多累。虽然道理每个人都懂,但一出了什么事儿,往往先图个痛快,哪里还顾得上什么后果。

年轻人说,要活在当下,因为未来会发生什么我们全然不知。那么换句话来说,去计较当下的得失,爆发每一次的小情绪以挽回所谓的尊严就是正确的方式吗?

委屈的人有千千万万,被同事欺负,被恋人劈腿,被朋友背叛,有的人碰到这些事可能一生都携带着负面情绪萎靡不振,夸张点的甚至选择轻生,走向毁灭。

这其中,如果他们能逐步安放好个人的情绪,不让冲动这头魔鬼控制自己,那么有很多事情可能都不会走到最后这一步。

我之前工作的单位,就有这么一位拿着好几十万年薪、背着普拉达的手提包的女强人,她是所有小年轻向往的目标。

在一次素质拓展中,经理级别的领导被要求上台分享一次人生中最难忘的经历,她说起了很久以前在第一家单位实习的往事:

她刚从大学毕业去实习的时候,由于性格内向,经常被同事欺负。有一次,她拿了自己的杯子喝水,结果水到了嘴里,差点吐了出来,原来这杯水里被人弹了烟灰,周围袭来一阵嘲笑。

她没有哭,也没有大发雷霆,而是隐忍了下来。她说,其实那一刻她很想一拍桌子不管三七二十一地走了,但也正是在那一刻,她坚定了要爬上高层的决心,让所有人都对她刮目相看。

从此以后,不管发生什么事,碰到多么不公平的待遇,她都能忍着情绪处理到最好,把肚子里的委屈统统释放到学习里。

几年后的今天,她真的做到了。

人生那么长,智者会把目光放长远了,忍一时看到的不仅仅是海阔天空,还有无限可逆转的机会。

3

那么成为一个成功人士是否只要一味地忍耐就够了?

答案是否定的,我们必须先明确地知道自己为什么要忍耐,只因宣泄了以后会把事情变得更加糟糕,会破坏自身的利益,到头来后悔自己当初的举动。

情绪激动的时候，所做的任何决定百分之八十以上都是错误的，所以这才是我们试图去改变的理由。

但是在尝试一次次的忍耐背后，如果我们不试图宣泄，那么这些坏情绪则会堆积着变成内伤，最终原地爆炸。

那么该如何管理这些情绪呢？

年轻时的我特别的情绪化，也很敏感，往往会通过语言伤害身边的亲人和朋友。吃过一两次亏，明白了发火的时候是大爷、走投无路的时候是孙子的道理后就再也不敢任性妄为了。

谁都有表达愤怒的权利，却不一定要通过语言、暴力来满足。

后来，我将这些坏情绪写进每天的日志里，浸泡在酒吧的混乱里，留在网络的树洞里。其实时间一久，你看着这些被你写下来的情绪，就会释然很多，甚至有些都开始忘记了。

记得身边有一个朋友特别爱看韩剧、宫斗剧，一下班就开始拿出手机追剧，很多人都会笑话她说，多看看美剧，少碰碰韩剧，会拉低智商。

她跟我说："其实看电视剧只是我的一种生活调节方式，就像看宫斗剧可以泄愤、吐怨气，而看韩剧，会让我陷入到浪漫的爱情幻想里。"

生活那么累，积压在心里的情绪多了，总要学会寻找到一种方式去疏解。

没有谁生出来就是好脾气，只是他们更懂得处世的态度，擅于把自己不好的那面，通过另一扇窗口过滤掉。

4

其实，生气谁不会呢，抱怨谁不会呢，但是微笑和快乐却很难得。

人这一生那么长，真的没必要为了一两件事、几个无关紧要的人就跟自己过不去，你总说自己的遭遇有多么的与众不同，但其实，那些开心的人天天都很开心。

有的人会把情绪转换成一种怨恨，而有的人会把情绪转换成一种向上的动力和希望，这一切都取决于你如何去应对自己的情绪。

的确，我们不是木头人，也无法像个机器人一般完美，对自己操控自如，我们会生病，会经历许多内心戏。

就算表面上风平浪静，却做不到处变不惊，就算强颜欢笑，却已然在内心失控了无数次。

人生，其实就是一场修行，从学会跟自己相处开始，只有足够的自我了解，才能慢慢地去掌控属于自己的人生。

别做情绪的奴隶，只做自己的主宰。

说一万遍我爱你,不如好好在一起♥♥

"分手吧,我父母不同意我们在一起"

"分手吧,我父母不同意我们在一起。"

"就你有父母?我父母不同意我们分手。"

1

你听过最难以反驳的分手理由是什么?

不是出轨,不是第三者,也不是感情不和,而是"我妈觉得我俩不合适"。这简简单单的一句话便抹杀了你全部的努力,终结了爱情。

之前有个朋友告诉我说,他们单位里有个女同事,前阵子都快结婚了,朋友圈里也高调地晒出婚纱照,大家都准备好了红包,却迟迟未能收到那张喜帖。

"你猜为什么?"

我疑惑地摇了摇头。

朋友说:"还不是因为家里人反对。"

我说:"这婚纱照都拍了,生米都煮成熟饭了,还怕过不了父母这关啊。"

朋友说:"关键是那男的特别地孝顺,也没什么主见。家里人跟他唠叨了一下说什么外地人不好啊,什么家庭条件之类的,他就动摇了。他父母一看他不坚持了,就顺水推舟直接说干脆分了算了,家里再安排一个条件好的。

"倒是我那位同事,在我那儿哭了整整一星期,到现在都还没缓过来。要知道我同事上大学那会儿就跟了这个男的,当初毕业了她家里人坚持要她回老家找工作,她硬是为了这个男的说服了父母。

"如果可以的话,谁不想待在家里?如果不是因为爱情,她为什么要一个人留在这个陌生的城市?而且她平时对她男朋友也挺好的,逢年过节的也都会往他家送礼。

"现在倒好了,就因为男方的母亲嫌弃她是一个外地来的小姑娘,三番五次地为难她。最夸张的是有一次,还特地带着她儿子闹到我们公司来悔婚。悔婚后,那男的不到一星期就和家里介绍的对象谈恋爱了,还和我同事说:'对不起,是我妈要我和她在一起的。'"

朋友说完就皱着眉头问我:"为什么世界上总有那么多不靠谱的男人和不靠谱的恋爱?"

说一万遍我爱你，不如好好在一起♡♡

虽说现在是主张自由恋爱的年代，为什么总觉得有些人好像还是父母在背后一手操控着他们的人生？

2

这事情让我想起前年年底，我和几个客户在一起吃饭。席间，我们很自然地聊到了找对象的这个话题。

我对其中一位客户的印象特别深，他说，他这一年总共找了4位女朋友，但是每次把女朋友带回家里一看，他妈都不满意。所以，他只好和女朋友提出了分手，导致他到了年底，依然是单身。

我们几个单身狗纷纷调侃他说："我们想找对象的都还找不到，你一年找了4个都被你分了，难道一点都不心疼吗？"

他说："说不心疼是假的，每一任女友我都认真谈过。但是这年头父母不同意还能怎么办。我的车是父母买的，房子是父母给的，工作是父母介绍的，再加上我从小到大都是听我妈的，从不敢忤逆什么。"

我说："那以后要是你老婆和你妈吵架了，你帮谁？"

他说："那必须是我妈啊，娶进来的媳妇，不好好伺候着我妈，还要和她吵架，这什么道理？"

那次晚饭结束回去之后，我和几个女同事私底下聊起这事。

同事说:"林熙,你知道什么叫'妈宝男'吗?就是乍看起来成熟得像个大男人,但其实根本就离不开自己的母亲独立生活。女人和这样的男人结婚最倒霉。"

我问:"为什么?"

同事说:"因为他的父母会一直参与他未来的夫妻生活。要是以后婆媳之间发生了什么小摩擦,没准他第一个就先来指责老婆。"

毕竟比起他的母亲,老婆永远都是错的。

3

我身边有很多优质的单身男同胞,他们都会和我聊到对另一半的要求,而有一类人,他的择偶标准永远都是他妈妈的标准。

"我妈说,不喜欢和我同岁的女生;我妈说,不喜欢不会做家务的女生;我妈说,不喜欢染头发的女生……"

碰到过脚踏两条船的男人,他曾一本正经地和我说:"我妈说让我两个都交往试试,她也不知道和哪一个结婚才好。"

我想,这世界上最伤人的不是被自己喜欢的人拒绝,而是当你有了和他走下去的决心,并且对未来满怀希望时,他却像个孩子一样仍然把"我妈说"挂在嘴边,就好像他们的生活从来都不是自己在掌控的,没法独立选择自己的伴侣、决定自己

说一万遍我爱你，不如好好在一起

的将来。

孟非在《非诚勿扰》里讲过一段话，说是将来要留给自己的女儿，他说："如果有一天，不管他是什么职业，受教育程度如何，他有没有钱，帅不帅，当这个男的回家说，我要结婚这个事儿，我要回去听我爸妈的意见，他们如何如何了，会影响到他的决定，这个男人不能嫁给他。因为他连结婚这件事，都要回家听爹妈的，说明他还没有做好准备，独立去选择一个人。"

是啊，如果一个男人口口声声说爱你，但是到了最后连结婚都要问家里人的意见，甚至在家人反对的情况下，二话不说地就离开了你，那么这样的男人，根本就不值得你去托付终身。

4

我觉得作为一个已经要准备结婚的男人，听听家里人的看法是对的，这叫尊重父母。但你们是否结婚的原因应是你和她三观合不合适，够不够爱，而不是你妈的看法。

男人婚前搞不定父母，选择分手看似是很理智的做法，但其实是最懦弱的表现。

如果你在各方面都表现得很独立，能扛得起责任，也肩负得了家庭的重担，那么你还会没有底气说服自己的父母吗？

不要把"父母不同意"当作一个分手的借口，毕竟你已经长大了，该过什么样的生活、和什么样的人在一起都是自己的选择。

说句公平点的，谁家的父母就谁负责搞定，如果你连自己的婚姻、自己的爱人都无法做决定，还要赖在父母的头上，那么你又有什么资格去结婚。

请不要再拿父母反对婚姻来亵渎彼此的爱情了。

在我眼里，婚姻并非只是两个大家庭的事，它更是两个相爱的人共同进退，相守一生。

"我父母不同意，我们分手吧！"

"就你有父母？"

不及时的情话，再温暖都不想要了

"一颗心凉了，只会越来越痛，
最后索性就算了。"

1

在感情中，我们总是会遇到一个难题，那就是面子重要，还是感情重要。

某天，有个男性读者也问了我相同的问题，当时我回答的是："没有尊严做基础的感情不会长久，但是如果你很爱那个人的话，那么你自然会愿意为了她舍弃尊严。"

他说："可是我都低头妥协了，为什么女朋友还是不愿意跟我和好？"

他接着说道，自己跟女友是初恋，两人交往了3年，刚开始在一起的时候，他还没玩够，经常泡吧彻夜不归，一直都是女友一而再、再而三地包容他，后来才渐渐地收心了，决定要跟她好好在一起。

但是最近有次出去喝酒，他不小心喝多了就去酒店开了个房间，结果第二天到家女友就在收拾东西。

他当时就跪在地上求女友原谅，说了无数遍"我爱你"，女友还是头也不回地走了。

他问："以前每次都是她说分手但过不了多久我们就和好了，为什么这次做得如此决绝？"

有时候，并不是每一次妥协都会换回原谅，当一个人失去耐心，一件细小的事件都会成为分手的导火线，就算你再万般地去请求和好，又怎么能打动已然心累的人？

当有人爱你的时候别装逼，一定要好好珍惜。

2

情侣之间最好的相处模式是，把每一天当成是末日来相爱。

如果第二天将是世界末日，我想前一天大概就不会有争吵的情侣。

去年，Kiki跟男朋友分手，在她说了101次分手之后，终于在第102次的时候咬牙搬出了跟男友一起同居的屋子。

走的那天她趁男友去上班，自己请了个假潜回房间，将剩下的东西全部装箱打包好，叫搬家公司直接搬走了。

说一万遍我爱你，不如好好在一起 ♡♡

我问 Kiki 为什么走得这样偷偷摸摸。

她说，她怕再一次被男友的道歉所动摇，自己实在不想继续这样生活了。

他们总是会因为无数的小事而争吵，Kiki 不喜欢男友每次跟朋友出去喝酒都喝得烂醉，男友每次都一口答应保证下次不再喝酒，但是没过几天又会找各种借口组酒局。

Kiki 不喜欢男友打游戏的时候总是忽略自己，男友每次都答应她每天最多只打 8 把王者，但是三天之后男友还是躺在沙发上玩到睡着。

两个人每次一闹矛盾就会吵得喋喋不休，当 Kiki 气得要收拾衣服准备回家时，男友又会跑过来道歉。

Kiki 说："一开始你会觉得很暖心，但是争吵的次数多了，渐渐地耐心就被损耗完了。"

真正的离开是悄无声息的，那些大张旗鼓地离开都是试探罢了；从来扯着嗓门喊着要走的人，都是最后自己把摔了一地的玻璃碎片，闷头弯腰一片片拾了起来。而真正想离开的人，只是挑了一个风和日丽的下午，裹了件最常穿的大衣，出了门，然后就再也没有回来过。

一颗心凉了，只会越来越痛，最后索性就算了。

3

张小娴曾经说过:"那句情话是否打动你,得要看是什么时候说。累垮了,听到'我爱你',根本没气力感动。正想摔东西发泄,听到'不怕,有我在!',也许只想踹他。不爱他了,他说'我养你',那一刻只有感伤而没有感动。爱着他,他不过说了一句稀松平常的话,你突然就感动得泪眼模糊。所有的感动,也是需要时机去成全的。"

感情中我们总是会把不耐烦丢给自己最亲近的人,却把耐心给了陌生人。

当被喜欢的时候,其中一方会变得有恃无恐,因为被人爱着可以任性,可以不讲理,或者等心情好了再讲理。

但是没有人可以忍受你一次次的不耐烦,发生争吵的第一时间,讨好拥抱才是最暖心的。

情话要时不时地在生活中被提起,如果两个人在一起因为那句"你很久没有说爱我了"而引起争吵,那么这个时候说的那句"我爱你",听者会觉得自己有些可怜。

4

当我理你的时候你不搭理我,当你想回头找我的时候,不好意思,我已经走远了。

说一万遍我爱你，不如好好在一起 ♡♡

爱不是我问你要了你才给我，爱是我不说，你也懂我要什么。

就像 Kiki 说的，她不是不让男友打游戏，只是不希望男友因此忽略了自己。

其实她想要的只不过是男友在打游戏的途中跑过去亲她一下，但是她得到的回应永远都是"别烦我"这三个字，等男友意识到了她的冷漠再回去哄她的时候，一切已经太晚了。

以前也有个女生跟我说过，女生谈恋爱的时候会对自己的另一半有所期待——会在争吵完之后希望对方马上给自己一个拥抱；会在生日前期待男友给的惊喜；会在自己可以撒娇示好的同时得到男友的宠溺。

但是，当这些情绪在当下没被重视的时候，她们会逐渐将这种期待感转变成失望，再到心灰意冷，这时就算对方再费尽心思讨好也于事无补了。

所以情话一定要说得及时，不及时的情话就算是再温暖也都不想要了。

谁还真缺你那点钱,要的只是你肯花钱的态度

"舍不得为你花钱的人,
也舍不得爱你。"

1

"在一起这么久,原来你就是个捞女。"

"砰"。

这句话是陈小萌跟她男友在争吵了一个小时之后,男友说的最后一句话。伴随着重重的关门声,那天的争吵算是坎坷收尾了。

小萌一个人在家里对着门,怒喊了句:"捞你妈!"

朋友小萌跟男友有个魔咒,每次各种节日的前夕都会争吵。小萌觉得别人的男朋友一到了这种节日或多或少都会对女朋友略表心意,而自己的男朋友呢?在节日前夕就好像死了一样,一点动静都没有。

说一万遍我爱你，不如好好在一起

每次她急得去提点男友，男友就说："什么520，双11，都是商家搞出来为了骗你们这群傻子女人掏钱包的。"或者就是说："那你去找别人家的男朋友好了。"

气得小萌脑海中每每神兽奔腾呼啸。

但是每次真闹到分手了，男友又死乞白赖地求和好，还给她一本正经地灌输思想："我当初就是喜欢你的成熟和知性懂事，你不也一直崇尚女性独立吗？我们两个只要真心相爱就够了，何必在乎这么多的繁杂节日？"

小萌朝这个男人翻了一个大白眼。

让你买香奈儿了么？让你买爱马仕了么？女人不过是想要一个简简单单的仪式感，你也不愿意给。

是，现在的女人是崇尚自强自立，但这是她自个儿的事情，并不能因为她们独立你就有了抠门的借口。

2

曾经在知乎看到过这样一个问题，题主说：自己跟男友在一起快一年了，追我的时候一颗巧克力都没有送过，看到其他匿名的追求者送巧克力还嗤之以鼻，并且还从不戴套，嫌麻烦、贵，没必要。

在一起送的最贵的就是一条四百来块的施华洛世奇项链，

还被说了好久。

自己每次和他逛街的时候什么都不买,也不敢表露出喜欢的样子,怕他觉得我物质。做个80块钱的美甲被念叨了一个星期说浪费钱。

但是他对家人朋友都很好,出手也很大方,年终奖发了好几万全部拿回家去了,跟朋友吃饭也都很舍得掏钱,唯独对我很抠门。

虽然争吵的时候他也会说很爱我之类的话,但是最生气的就是他不舍得给我花钱的态度,当初也只是图他好才跟他在一起的。

评论区被点赞最高的一句话是:一个男人愿意为你花钱并不一定说明他爱你,可如果他不舍得为你花钱那他一定是不爱你的。

舍不得为你花钱的人,也舍不得爱你。

3

曾经看到过这样一个问题,女生是喜欢一个口袋只有100块钱但是全部给你花的人,还是喜欢身价几百万却只给你花5000块的人。

身边大多的女性朋友都毫不犹豫地选择了前者。

她们说，似乎很多人都会玩笑式地被身价所吸引了，但是一个有100却愿意为你倾其所有的男人的潜力是无限的，他的人生不光光只有100块钱，可能他也能赚到自己的百万，但最重要的一点是，他有为你花钱的态度，他愿意全部都给你，说明你比钱更重要。

而那个身价已经有百万的人，就算他未来赚到了千万甚至是亿，他愿意为你花的钱也就这区区5000，因为他根本不舍得在你身上花钱，说明你没有钱重要。

其实女生更看重的是态度，而不是钱。

所以，一个男人最珍贵的不是他有多少的钱，而是他有没有肯给你花钱的态度。

4

什么样的恋爱最打动人？

其实从来都不是对方送了什么贵重的东西，搞了什么大场面出来，或者是许下了海誓山盟之类的。

最打动人的是一种下意识的惦记，夜里迷迷糊糊地先给她掖好被子，回家的路上想起她随口提起的东西就买了捎回来，吃到好吃的东西会往她嘴里塞。

但是现实就是，你又买不了太贵重的东西，又没有下意识的惦记，给花钱的态度没有，给感情的态度也没有。

你让女生怎么找感情的存在感？

我觉得大部分的女生都是，我要你肯给我花钱的态度，但我并不是自己没钱，也不一定非要你花钱。

然而大部分抠门的男生没这个态度，就开始抱怨女生都爱钱。

呵呵，谁缺你那点钱啊。

说一万遍我爱你，不如好好在一起♡♡

找一个会站在你的角度替你着想的人

"一个只会考虑自己的感受，
不会替你思考的男朋友不要也罢。"

1

去年在微博上看到一则穷小子测试异地恋女友忠诚度的视频。

视频中的男主是个学生，临近过年他感觉跟女友之间的联系逐渐减少，晚上联系女友的时候女友也总是在外面。

他说：因为自己游戏开销大，所以女友每个月都会给我打钱供我打游戏，但是最近这几个月女友给我打钱一打就是一两千块。她是做幼师的，哪里来的这么多钱，我怀疑她是不是被别人包养了。

所以他找微博博主求助，帮他买一张去女友城市的机票，想知道女友究竟有什么见不得人的事情瞒着他。

于是博主陪着男生来到了女友的城市,在苏州零下7度的步行街看到了女友正在摆地摊卖娃娃。

就在我以为结局会很感人的时候,却发生了让我无法理解的一幕,男生非但不心疼自己的女友,反而怒气冲冲地走上前斥责女友,说:"你丢不丢人,被亲戚朋友看见怎么办?分手吧。"然后转身离去。

路上人来人往的,女生抱头蹲了20多分钟,我想她当时应该伤透心了吧。

她说,自己每天要骑着三轮车装着200斤的娃娃在步行街摆摊,一站就是十个小时,她知道男友每个月玩游戏开销大,所以会主动给男友打钱。因为男友曾经说过等他有天成了职业玩家之后一定会养她……

说实话,视频看到最后我感到很心寒,作为一个男人自己穷不说,女朋友为了你冰天雪地里摆地摊赚钱,你居然首先考虑到的是自己的面子问题。

一个人到底能自私到什么地步,才能做到事事都只会站在自己的角度思考。

就算爱不是等价交换,但也绝不是单向索取。

2

不光是视频中那个为了给男朋友打钱而去摆地摊的女生，其实在生活中有很多这样善良的姑娘，她们无论交朋友还是谈恋爱，都会先替别人着想，宁可自己吃点亏，也不愿意让身边的人受半点委屈。

我有个朋友跟我说前段时间自己交了一个男朋友，这个男生厉害的地方就在于他永远都觉得自己是对的，从来不考虑你的感受。

有一次，两人约了下班之后一起看电影，我朋友因为公司临时加班所以耽误了一会儿，赶到电影院门口的时候电影刚开场五分钟。

她男朋友当场就黑着脸指着她的鼻子训她说："你有没有一点时间观念，不是早就约好了要看电影的吗？你就非要磨磨唧唧的，迟到了才甘心？"

她连忙解释说："真的对不起，因为一点点事情耽误了，加上路上有点堵。"

她男朋友听完更生气了，说："你怎么就会给自己找借口，别人怎么不会迟到？你每天不是加班就是路上堵，就你理由最多。"

她一听心里更委屈了，明明自己为了赶去约会宁可饿着肚子拼命工作，到了影院门口还把车停在了最贵的停车场以节省时间，她甚至都不敢提这一天自己在工作上碰了多少钉子，可这一切她男朋友好像都不关心，只是关注到她迟到了这个结果。

我说："也许他性格就这样，你下次如果要迟到，和他提前打个招呼可能会好点。"

朋友说："当时我也这么认为的，觉得不管怎么样自己确实迟到了，男朋友发点脾气也没什么。但是前几天，他车子刮了，我去他公司接他下班。怕他在开会所以不敢打扰他，我从6点足足等到了7点，直到7点30他才姗姗下楼。他见我的第一句话却是'我打牌输钱了，你现金拿给我一点。'"

朋友说，她自己当时真的是怒了，合着她等了一个多小时，是因为男朋友在上面和别人玩牌？难道就不能事先发一条微信给她吗？

而她男朋友却理直气壮地说："你发火前先站在我角度想想，我本来输了钱就心情不好，你还要和我吵，你就不能安慰安慰我？再说了，同事他们非要拉着我玩牌，我能拒绝吗？我拒绝了以后在公司多尴尬，你不能替我想想？"

我说："你真的找了一个假的男朋友。"

一个自私的男人，才会用自己的逻辑处理事情，但他从来没有站在你的角度替你考虑过，更没有理解过你。一个不懂得替你考虑的人，你说他值不值得你去爱？

说一万遍我爱你，不如好好在一起 ♡♡

3

有一个事事都会设身处地替你思考的男朋友有多幸福？

那就是哪怕你无理取闹耍小性子了，他也会哄着你，替你找到一个发脾气的理由，完事以后再慢慢和你讲道理；那就是你的闺密发朋友圈秀可达鸭表情包，你照搬给他，他也会假装不知道，一个又一个地给你发红包，只是为了让你不必羡慕别人的爱情。

我有个哥们是我们圈出了名的"怕老婆"。有一次，我们一起聚餐，他先点的单，10页的iPad菜谱，他硬是点了30分钟。因为他老婆要晚一点才来，他就抱着菜谱一样一样问她老婆要不要吃。

我跟胖子当时在一边，差点没饿昏过去。这哥们每次聚会都会带上他老婆，如果老婆不能来的话他会带上充电宝，一个不够会带两个。

因为他说苹果手机用久了漏电厉害，有时候百分之五十的电量会突然跳到百分之十，他怕老婆在家联系不上会担心，女人一担心就会胡思乱想。

我开玩笑地说："你对你老婆也太好了吧，是有多怕你老婆啊？"

他说："没有怕老婆这回事，只是我做什么事情都会先想到她，想到这件事换了是我，我会怎么想，所以我会尊重她，并且杜绝一切有可能的争吵。"

我想，一个优质伴侣最基本的准则就是会站在对方的角度去思考问题。

爱你的人会时常记挂着你，考虑你的感受，怕你担心，怕你不开心，因为这是爱的本能，也是感情最好的模样。

4

真诚和理解永远都是感情中最珍贵的东西。

相信我，不管你有多么喜欢一个人，那种只会在爱情里不断地索取，甚至是为了满足自己而对你的感受不管不顾的人不要也罢，他根本配不上你的喜欢。

也许你会反驳我，因为很多喜欢都来得太快，一时的喜欢可以是因为他英俊的脸庞，也可以是因为他丰厚的家底，也可以是因为他完美的套路。

但那只是一时的，这些短暂的东西消耗不起，也扛不住时间的考验。一个心里面只有自己的人，又怎么能带给你幸福？只有和一个时刻把你放在心里，会替你考虑的人在一起才能走下去。

幸福是什么？

幸福就是我什么都不说，你却了然于心。

说一万遍我爱你,不如好好在一起

秒回,是最好的温柔

"信息要发给会秒回的人,
微笑要留给对你好的人。"

1

我曾经很讨厌一种情况,我给你发了一条微信,你半天不回,我以为你没有玩手机没看到,可过了一会儿,我刷到你发了一条朋友圈,那时我才明白,其实不是你没看到,只是你不想和我聊天。

朋友小 K 是个特别酷的女生。某天晚上我刷到她发了一个朋友圈,说有没有一起玩王者荣耀的,我当时刚好有空,就在底下留言举手,可等了好几分钟她也没有私聊我找我开黑。又过了几分钟,我刷到一条朋友圈信息,打开一看,是她发的,她在自己的动态下留了条言,说真心求一个大腿。

我特别生气,就给她打电话,问她为什么无视我的留言,她说没有无视,她看到了。我说:"那你为什么不找我?你不是找人开黑吗?"

她说:"因为我想等的人不是你啊。"

挂完电话以后我想到了我自己,我好像也经常会有这种毛病,发了个朋友圈说约人一起吃饭、喝酒,留言底下陆续有几个朋友报名举手,可我就是当作没看到,等了一会儿没等到自己想要约的那个人,又默默地把朋友圈给删了。

2

想起一个故事。有一次,我和一个朋友一起去外地谈工作,下了飞机打开手机以后,我看到朋友的微信弹出很多信息,朋友一条也没有打开,而是找到了自己女朋友的微信,打开并且发上一条"已经安全到达"的信息。

我当时还说他,我说:"那么多信息你都不看吗?"

朋友说:"没什么要紧事,刚下飞机有点累不想聊天,等到了酒店再慢慢处理好了。"

我说:"合着你眼里只有你女朋友的信息才叫信息,其他人的信息,只能等你休息好了才回复是吧?"

朋友说:"这能比吗?一个是我女朋友,一个只是微信好友,更何况我本身也不爱聊天,当然眼里只看到我女朋友的信息了。"

说一万遍我爱你，不如好好在一起

其实我们每个人啊，都会有一个择优选择的毛病，这种毛病是怎么样的呢？

那就是出去和朋友吃饭，一桌子的菜，你第一眼就只看到自己最喜欢的那道菜，吃了几口以后，朋友问你怎么不吃别的菜，是不是不爱吃，你说，没有不爱吃，只是想先吃自己喜欢的；那就是你深夜睡不着，想找人聊天，发了一个朋友圈以后，有好几个人同时给你私聊了一个表情，可你只对自己喜欢的那个人选择了秒回，而其他人统统都无视了。

不回你信息的人，不一定是不尊重你，但是秒回你信息的人，一定很在乎你。

3

有个姑娘和我说过这样一句话，她说："我的意中人不用是盖世英雄，发微信秒回就好，因为这样的人不会让你等太久。"

聊天中最好的方式就是，你能秒回我的信息，我能和你聊到收场。

有人说，秒回是一种尊重，我觉得秒回是一种特别，我不是对每个人都能做到秒回，我也不是和每个人都有耐心聊天。

因为你是特别的，所以我才能在茫茫信息中，一眼看到你的，并且打开回复你的信息；因为你是特别的，所以我才能在忙碌的工作中，拿出喝水的时间用来回复你的信息；因为你是特别的，所以我一个不爱聊天的人，能和你聊到天亮。

朋友说："之所以一定要找一个秒回微信的人聊天，是因为我们本身会选择和一个人聊天就代表了某种好感，如果我不喜欢你，我根本不想和你说话，而秒回则证明了对方也同样对自己有某种好感，因为不想让你等太久，所以选择了秒回。"

4

好的爱情是怎么样的？找到一个对的人，他会认真做到秒回你的信息，坚持对你说每一个早安晚安，认真对待对你许下的每一个承诺，这样的人才能给你幸福和安全感。

微博上有句话特别火，秒回的人应该很温柔吧，他不舍得让你等太久。

小哲一直都是一个情圣，他和我说："追女生其实真的不难，那些说难的，只是没有找对方式．你追一个女生前，首先要学会换位思考，你的每一个举动，都要站在她的角度去思考，想她是怎么样的感觉，这样你就能追到女生了。

"特别是当女生做出某些回应以后，你一定要明白她们的心思。如果一个女生开始主动找你聊天，对你的信息都做到秒回，不要怀疑，她一定很在乎你，至少，你对她而言，是比一般人重要的。因为我们每个人如今都过得很酷，我们没有精力去对每一个人都做到秒回，或者长时间的聊天。"

信息要发给能秒回你的人，微笑要留给对你好的人，"我爱你"要说给珍惜你的人。

Part4
你总会遇见一个人,心甘情愿对你好

说一万遍我爱你，不如好好在一起

谁喜欢异地恋，我只喜欢你

"真爱就好像娃娃机，隔着屏幕我只要你，就算相隔再远，我也愿意等你。"

1

你谈过异地恋吗？

去年某天，我收到了蘑菇的喜帖，她跟相恋7年的男友就要结婚了，分隔两地的感情终于画上了一个完美的句号。

蘑菇和她的男友相恋7年，大一开始恋爱，毕业分开后的那4年，鬼知道两个人都是怎么过来的。

我只知道蘑菇只要一有空就会跟男友煲电话粥，就连公司长假之前的聚餐活动也没参加过一次，因为她急着去车站去见男友。

我经常调侃蘑菇："你好好的一个少女就把自己的时间和金钱全浪费在路上了。"

她说:"我怕自己被浪费,可我更害怕失去他。"

听到这句话的时候我怔了怔,想起一句情话:"我不怕等你,我更怕永远等不到你。"

其实蘑菇的长相并不差,知道她的男朋友不在身边以后,对她示好的男同事也并不少,经常有人请她看电影吃饭,但是她都拒绝了。

蘑菇说:"我知道我想要的那个人是谁,而异地恋中的彼此都太没安全感了,所以我要杜绝一切可能造成误会的行为,我要让他知道我只喜欢他。"

是啊,真爱就好像娃娃机,隔着屏幕我只要你,就算相隔再远,我也愿意等你。

2

我一直觉得比单身狗还要不堪的一种生物体就是异地狗,单身狗至少有自由选择的权利,但是异地狗只能隔岸相望,电波传情,给自己树立一块高高的贞节牌坊,禁止骚扰。

某天,后台收到一个读者的留言,她问我:"林熙,你能接受异地恋么?"

说实话,我是个不愿谈异地恋的人,因为我忍受不了分离,但是如果出现了一个很爱很爱的人,我可能会不顾一切地奔

说一万遍我爱你，不如好好在一起

向她。

我佩服那些谈异地恋的人，他们一定是很喜欢对方，才愿意忍受距离和想念的折磨。

她接着说道："那你知道 Available 吗？"

Available 代表恋爱双方可以接受外界的示好，双方都可以跟异性约会，变心也无罪，遇到更好的人就分手。

原来她跟男友是异地恋，男友在美国读书，后来她发现男友在 Facebook 上放了张跟其他女生的照片，而且跟她的联系也越来越少了。给我留言的前几天，这个读者的男友居然告诉她两人分隔两地难免空虚寂寞，所以要不各自都在异地找个异性取暖，等回国之后两人再好好在一起，实行 Available。

最后她问我自己该怎么办。

我说我不能教你怎么办，我只能告诉你一个事实，就是你从一个正牌女友成为了他的备胎之一。

这种不甘忍受寂寞的人就不应该随随便便地谈一场异地恋，找个备胎取暖，碰到更好的合作伙伴就分手。请问你有考虑过正牌女友的感受吗？

什么是爱情，秦观在《鹊桥仙》中有句写道："两情若是久长时，又岂在朝朝暮暮。"

爱情要经得起长久分离的考验，只要彼此真诚地相爱，即使终年天各一方，也比朝夕相伴可贵得多。

3

经常会有人问我异地恋该如何去坚持，其实你只要清楚自己心里真正想要的是什么就够了。

有些人谈恋爱想要丰满自己的物质生活，那么你就找个物质条件不错的另一半；有些人谈恋爱想要有个无时无刻都能够陪伴着自己的人，那么异地恋一定不适合你；而有些人恋爱就想找个精神伙伴，那种人群中的一眼我就认定是你，这类人往往能够修成正果。

因为我这辈子已经认定是你了。

很多人觉得异地恋是一件很恐怖的事情，就好像分开就代表单身，感觉这样的恋爱就会孤独到死。

这完全曲解了异地恋，异地恋只是代表暂时的分离而已，你们只是去了不同的城市，只要心里装着彼此，天各一方又如何呢？

就算爱情的本质就是解决自身的不安全感，身边的人都会陆陆续续地离开，我们唯一能做的就是克服这些障碍，走向一个完美的终点。

4

就好像我的同事蘑菇，如果她当时接受了那些追求她的男生的示好，那么还会有这段 7 年修成正果的感情吗？

如果织女在回到天庭的时候选择了改嫁，那么还会有现在这个美好的七夕节么？

如果祝英台当时在威逼利诱下选择了马文才，那么还有梁祝这个可歌可泣的爱情故事吗？

我想就是因为有这些如果，我们才会一直相信爱情。

异地恋虽不易，但是任何的感情都是不易的。爱情就好像障碍赛，我们就像愚公，搬完一座山之后还有另一座，虽然很痛很累，但是这就是爱情的必经之路。

请珍惜那个愿意陪你异地恋的人。

因为谁会喜欢异地恋呢，还不是因为她喜欢你？

宁愿跟你吵架，也不愿去爱别人

"我听过最动听的情话不是什么海誓山盟，

而是我宁愿跟你吵架，

也不愿去爱别人。"

1

你见过情侣间最惨烈的一次吵架是什么情形？

有一次，我亲眼目睹老王的女朋友耍脾气，当街就给了他一巴掌，两个人当即就激烈地厮打在了一块儿，互不相让，最后女生哭了，老王也跟着抹了一把泪。

这事过去之后没多久，据说他们又闹分手，还闹得特别厉害，两个人不仅互删了微信还放了狠话："谁理你谁就是孙子。"

他们之间的爱情，好像别人都看不太懂。

一个星期天的晚上，我跟老王在酒吧里喝酒，两个人有一搭没一搭地聊着，酒吧里的灯光打在美女扭动的屁股上，老王却满脸的愁容，他闷了一口酒说："我就不懂了，每次都为了点鸡毛蒜皮的事情，至于吗？太无理取闹了。作为一个女人一点都不小鸟依人，还有你倒是说说看，她这样的火爆脾气谁敢娶她。"

老王单身的时候，酒吧里随随便便挥霍个几万，照样有一波颇有姿色的美女围着他转，可自从谈了恋爱以后，反倒是他整天就绕着女朋友一个人转，结果还被训得服服帖帖的。

两个人分分合合这几年，喊了无数次要分手，说要解脱，结果闹得周围人都信了，最后却和好了。

我说："你俩好好过日子，成吗？兄弟我都看累了，她要是真有那么多缺点，你怎么不干脆换一个试试？"

老王沉默了一会，挥挥手说："你个单身狗懂什么，你以为我不敢分啊，不就是看在两年半感情的份上。"

我笑老王太专情。

老王说："我宁愿跟她每天这么耗着，也不愿意去爱别人。"

2

有人说情侣间吵架只会徒伤感情，一味地忍耐，最后伤心的那个人还是你。

特别是两个死不低头的人，即便心里还惦记着对方，默默刷着彼此的朋友圈却不言不语，高冷的状态维持了好几天，直到有一个人败下阵来，不然感情到了最后就会全盘瓦解。

叶子说，她跟她前任分手的时候，两个人从来都没吵过一次架，他们并不是相敬如宾，而是只要叶子一闹小情绪，对方压根就不会去搭理她。

男的总是嫌弃她太作，粘人，还想太多。

时间久了，叶子便成熟了许多，她不像其他的女生一样会偶尔在男朋友面前耍耍小性子，打打闹闹。

别的情侣吵架有时候就像在秀恩爱似的，而她却好像在唱独角戏一样，对方不但没有半点反应，反而在微信里跟别的女孩暧昧。而他们之间的故事，最后以男方的冷暴力走向终点。

来来往往的情侣那么多，有些人吵过一两次架，就形成陌路。而那些吵也吵不散的情侣最后都爱得难舍难分。

3

以前我一直不能理解，那些三天一小吵、两天一大吵又死活都分不了的情侣，究竟是依靠什么来维持感情的。

后来有个朋友告诉过我，当两个人在一起发生隔阂的时候，总有一方要选择退让，而能够做到互相包容的两个人，必须是以足够的喜欢与默契为前提的。

我想，老王一定很喜欢他的女朋友，喜欢到了哪怕有损他的颜面，消耗他的耐性，也依然死不放手。毕竟谁都喜欢开开心心地过日子，干吗非得要忍受另一个人的棱角。

你问我要怎样看出一个男人对你的喜欢程度，我想当一个男人很喜欢很喜欢你的时候，就算你脾气不好，常常和他吵架，就算你很情绪化，常常无缘无故地乱宣泄一通，他也会一如既往地喜欢你，而不是一转身就去爱了别人。

哪有不吵架不受伤的爱情，就看那个人愿不愿意忍受你的坏脾气，小任性，甚至是吵得最凶的时候你摔门而出，他会不会来追你，会不会因为担心而拼命地打电话给你。

如果会，他就是你最值得付出的那一个。

4

网上有一句话叫作："真正幸福的感情不是相敬如宾，而是争吵之后还是想爱你。"

如果有个人愿意为了你折腾，多半是因为爱你。

也许男生经常会抱怨自己的女朋友太无理取闹，爱瞎折腾。可是你要知道，她跟你闹，还不是因为在乎你？难道她跟你吵架的时候，就不伤心吗？她完全可以一转身就投向其他男人的怀抱，但是她没有，她宁愿跟你吵得遍体鳞伤，也不愿意离开你。

其实，世界上哪有那么多的一拍即合，爱情并非是两个人不吵不闹相安无事，而是争吵过后的彼此心疼。

我觉得，男人就不应该怕折腾，就怕老婆跟人跑了，往后的日子你想折腾都没得折腾。

在这个快节奏的时代，有一个知晓你所有缺点还心甘情愿陪伴的人，是多么幸运的一件事。

我听过最动听的情话不是什么海誓山盟，而是我宁愿跟你吵架，也不愿去爱别人。

多希望只是争吵，还能道歉和好

"如果有一天，我们走散了，
再绕个圈回来好不好。"

1

最近，睡不着的时候就在看小说，偶尔会被里面曲折的爱情故事所打动，特别是在经历了无数次的伤害、误会、争吵过后，男女主角最终通过层层障碍，还能紧紧地相拥在一起。

突然就很羡慕这样的爱情，不会那么容易分手，即便是说了分手，也会穿过无数个谎言来拥抱你。

从小说回到现实生活，情侣间的分分合合，朋友间的形同陌路，有太多的感情还未来得及磨合就散了。

身边一个兄弟告诉我说，之前他每次跟他女朋友吵架，闹分手，女朋友一赌气就会把他的微信、QQ统统给删掉。

于是他每次都会试探性地重新加回女朋友，而好友验证每次也通过得特别快，原来每次吵架，不管谁对谁错，他女朋友其实都握着手机默默地等他的回应。

这让他觉得特别有安全感，他觉得两个人吵架归吵架，还是能和好如初的。

后来呢，有一次，他们又因为一些小事吵架了，照样删除了彼此的联系方式，说着再也不会联系的狠话。

他没有第一时间去加女朋友，而是选择等她来找自己。第二天一觉睡醒，点开微信，发现没有一条验证消息，心里有一点失落。第三天故意把手机铃声调到满格外加震动，可仍旧没有她的消息，过了四五天终于憋不住内心的忐忑去加回了女朋友的微信。

讽刺的是，这一次女朋友非但没通过他的请求，反而给了他冷冰冰的三个字：分手吧。

他和我说："林熙，虽然她已经离开我很久了，但是每次回想起来都觉得有点可惜。"

有些人吵着吵着还是散了。

2

每个经历了失恋的人，都会有一段难熬的时光，无法挽回爱情时的绝望会将自己一层层地包裹，变得小心翼翼。

说一万遍我爱你，不如好好在一起♡♡

怕争吵过后的冷漠，更怕用尽全力地爱换来的却是一场空。

在这个浮躁的缺乏安全感的社会，每个人心里都装着大大小小的情绪，我们习惯对陌生人隐藏，却对自己最亲近的人暴露脾气。

叶子告诉我说："有时候正因为太喜欢一个人，所以才会控制不住地想要争吵。无法不去在乎他的态度、在乎他手机里的蛛丝马迹，怕他爱得不够认真，怕他给我的爱还不够多。因为我已经交出了整颗心，却总是期待他能有所回应，于是越失望就越想要争吵。"

是啊，谁会喜欢吵架呢，只是在爱情里给的安全感太少。

叶子说："因为喜欢他，所以才在他面前暴露自己最真实的那一面，脾气差、性格倔强、还太软弱。面对一个不完美的我，多希望他还能爱我如初。虽然我们已经分手 165 天了，但我还是爱着他，我一直以为我们只是吵了个架，并没有分手。"她说，"其实我最怕的就是吵架，我谈过的恋爱总是一吵就散了，最羡慕的是那些再怎么吵，下一秒就能和好的情侣。"

3

曾经看过一部爱情剧，里面有一段镜头是说男女主角吵架了，各不相让。女生一气之下叫了辆的士就走，男生一开始嘴里还骂骂咧咧的，可一看女生走了，就急了，骑了辆摩托车一路追了过去，大喊着"快回来，我们好好说"。

女生看着窗外一路追逐自己的男生，突然就破涕为笑了。

这段小插曲，虽然不比那些求婚告白来得浪漫动人，却让人看着暖心。

是啊，每一对情侣都有吵架的时候，最最让人伤心的是，一个红着眼睛说"我走"，另一个头也不抬地说"好"。

相爱的两个人，吵到最歇斯底里一拍两散的时候，最渴望的往往是能听到另一半气急败坏地说"你给我回来"。

我们总是喜欢在爱情里做个胜利者，即便吵架闹分手了，心里有再多的不舍，也希望是对方主动来找自己，好像只有这样才能感受到对方是在乎自己的。可往往有很多这样的情侣，因为死撑，到最后分了手。

多希望我们的爱能和亲情一样，就像父母总会原谅自己的孩子，不用担心会不会散，不用害怕会不会有隔阂，一觉睡醒，自然而然就和好了。

如果有一天，我们吵架了，走散了，再绕个圈回来好不好。

我还有好多好多的话想对你说，还有好多好多的事情没去做。

说一万遍我爱你，不如好好在一起 ♡♡

4

谈一场不分手的恋爱该有多好，就好像能永远在那个人面前撒娇，生气了就红着眼睛互相争吵，却在下一秒过后依然十指紧扣地走过大街小巷。

你包容她的任性，她理解你的苦衷，爱情不会败给时间，也不会输给争吵，永远来得及再多爱你一点，多陪伴你一天。

不管闹多少别扭，最后还是因为舍不得放手而彼此拥抱，这种感觉会有多美好。

希望每天睁开眼都都能收到你的微信，每天起床都能看到你买的早餐，尽管明天的故事还没来得及开始，但我能保证你会出场。

如果下次我们吵架了，不要那么快说分手好不好。

我想和你互相折磨到老。

我们都在等合适的人，却没有人愿意先改变自己

"东西坏了可以换，感情坏了只能修。
很多人只想着换，却懒得去修。"

1

去年，在回复消息的时候收到一个读者的留言，她问我："他说他喜欢我，却为什么又说我们不合适？"

我说："当你没有很喜欢对方的时候，不合适就是一个幌子。"

她接着问："两个人合适难道不是天生的吗？"

我说："遇到合适的人本身就是极小概率的事情，很多的感情都需要磨合。没有不够合适的两个人，只有不够喜欢不愿意磨合的两个人。"

现在的生活过于快速，以至于我们的感情也是如此。

遇见自己喜欢的人之后接触了三天，发现对方跟自己的兴

说一万遍我爱你，不如好好在一起♡

趣爱好格格不入，就算喜欢也无奈放弃。

很多人会说没有遇见合适的人，可现实是，你遇见过很多人，也错过了很多人。

我们都在寻找最合适的那个人，却没有人愿意改变自己，成为适合对方的人。

2

这个读者接着跟我说起了关于那个男生的事儿。

两个人在一起一年时间，彼此的家长都见过了，心照不宣地认为以后会结婚。她说两个人刚在一起的时候相处得还算和谐，都会彼此相让，彼此尊重。

但是从几次生活上的争吵过后，感情的天平开始摇摆不定，而两人每次争吵的原因也都非常幼稚。

有次逛街的时候，女生看中了一条裙子，她说正好可以搭配她的高跟鞋。

男友就说："你裙子已经这么多了还买什么？再说你很少穿高跟鞋，这个裙子买去了就是浪费。"

女生听了以后非常生气，她不管男友如何反对执意付了款，并且气冲冲地离开了商场。

平常生活中，男友还不喜欢她化妆，因为女人化妆打扮又浪费钱又浪费时间，还不如简单随意点好。

但是她认为女生一定不能太邋遢了，所以每次出门前她都会给自己画一个简单的淡妆，衣服搭配恰当。

在男友看来这一切都是在浪费时间，所以他每次都一脸不高兴，因为这个事情两人也争吵了好几次。

读者跟我说："我以为这些都是生活上的小矛盾，因为我爱他我一直都没有往心里去，但是没想到他昨天跟我提分手，说实在没办法跟我一起生活。"

其实他们两人在感情中都不肯为彼此让步，爱的少的那方因为长期的不满所以萌生了越来越多的分手念头。

其实无法接受你们的不同不是真的不合适，无法磨合你们的不同才是不合适。

两个人在一起全看彼此愿意为对方牺牲和改变多少，爱情需要的是两个人同步的付出。

3

我有个朋友在认识他现任之前是个酒吧"钉子户"，基本一周5天都会活跃在各大夜店。

但是他现在基本很少出去喝酒，每次出去喝酒也基本都是谈事情，因为他说女朋友不喜欢他去喝酒，他要为她戒酒。

说一万遍我爱你，不如好好在一起 ♡♡

有时候，我会调侃他从酒场浪子华丽蜕变为情场汉子，他每次都会特别装逼地告诉我说："遇到喜欢的人不容易，所以一定要珍惜。"

他说以前跟历任前女友基本都是女友照顾他的衣食起居，替他做饭洗衣服当保姆，但是他还横得像个大爷似的，不乐意就跟别人闹分手。

但是现在，他俨然变成了一个全能"家庭妇男"，女友在家基本就是个"残疾人"，什么事情都不用做，要做什么的时候也只要吩咐一声他就会屁颠屁颠地去。

两人也会有争吵，但是每次争吵都是他先低头。

他跟我说："以前我从来不知道我会变成这样的人，以前的女友只要让我有一点不顺心我就会因为不合适而分手，但是现在，我却愿意为了她改变自己去配合她。"

感情里真的没有太多的合适，只有不够相爱的彼此。

4

感情有时候很脆弱，脆弱到你用一句话，或者一个行为就可以摧毁它，就好比搭积木，辛辛苦苦地去搭建，却又那么不堪一击。

所以感情永远都是需要用心去经营的。

记得《前任攻略》中有句话："我们这一代人，东西坏了是可以修的，而你们却认为坏了就该换。"

很多人只想着换，却懒得去修。

人无完人，你永远没办法只爱一个人的优点，而不去接受他的缺点。所以感情最重要的是懂得包容。

5

"你为什么一直单身？"

"因为没有遇到喜欢的人。"

"你怎么又跟男朋友分手了？"

"我和他不合适。"

其实不要把任何事情都上升到性格不合适这个层面，是否合适不是根据彼此之间的不同点去判断的，而是以你们肯不肯去接受对方的不同点来判断的。

她偶尔无理取闹，发发小脾气，你也多理解包容，不能因为你习惯了主导就认为她一定要对你千依百顺。

他喜欢结交朋友，偶尔喝上几杯，那是他自我减压的方式，不要因为你习惯了占有，觉得他的生活时刻要以你为中心，你们才是合适的人。

不要用不合适来当作借口去解释，是彼此都不愿意去退让、去改变、去包容。

罗伊·克里夫特在《爱》中写道:"我爱你,不光因为你的样子,还因为和你在一起时我的样子。"

我爱你,不光因为你为我而做的事,还因为为了你,我能做的事。

亲爱的,愿我们都能够成为彼此合适的那个人。

你总会遇见一个人，心甘情愿对你好

"经历过感情中的大风大浪，
才会看见彩虹的模样。"

1

沫沫曾经在朋友圈上分享过一首歌，叫《不找了》。

她给我留言说："林熙，就像歌词里唱的那样，不找了，找不到的。"

那时，我正坐在酒吧的一个角落里，看着灯光闪烁，人群舞动，有那么一瞬间，寂寞一下子就把我给吞噬了。

我对沫沫说："该来的总会来的，趁单身的时候，好好爱自己吧。"

沫沫有过几段特别糟心的恋情，让我印象最深刻的一段，是她在朋友圈频繁发状态的那段时间，每次当我大半夜喝完酒准备回家的时候，总能刷到她很多矫情的音乐和文字。

很多人都说沫沫矫情，沫沫却说："那你一定是爱情里被爱的那一个。"

后来我才知道，沫沫的那个男朋友，根本就是一个渣男，只会肆意地去消费她的好，对她的生活从来都不闻不问，还老爱对着她发脾气。

也许被感情伤过一次的女生就会慢慢变得心灰意冷，宁愿把自己变成一个独立的女强人，也不再轻易地去依赖一个人，但也只有在夜深人静的时候，才会那么地渴望一个拥抱。

可能是上天怜悯吧，就在她打算一辈子都单身下去的时候，遇到了如今这个把她捧在手心里、宠成小朋友的真命天子。

2

人这一生，总要碰见几个让你撕心裂肺的渣男，才能遇见真正肯为你弯腰的人。

经历过感情中的大风大浪，才会看见彩虹的模样。

自从沫沫遇见了现在的男朋友，每次和她聊天，都能看到她脸上洋溢着甜甜的微笑。她说："你知道吗？他一个180的大男生会蹲下身来主动给我系鞋带，会在吃饭的时候把我爱吃的菜全部夹到我的碗里，会在我生病的时候亲自上门给我熬粥喝。以前的我成熟懂事，可在他面前，我永远像一个长不大的孩子。"

有时候，我忍不住就会吐槽一句："天天被你喂狗粮，你什么时候也去给我找个女朋友？"

沫沫笑了笑和我说："你相信缘分吗？以前我一直觉得感情是努力了也没有用的东西。因为经历得多了，害怕了，再也不想被人扯着嗓子地去吼，再也不想被冷暴力折磨得崩溃难受，再也不想走了心之后又跌入到万丈深渊里。

"记得你以前的文章里说过，要找一个能让你笑的男人谈恋爱。如果泪比笑多，就早点放手。我现在总算明白了，这个世界上有的人会让你哭，而有的人就会让你笑。"

你迟早会遇到一个人，他会心甘情愿对你好。

3

不告别过去，怎么拥抱未来？

还记得电影《大话西游》里面的朱茵吗？她在被周星驰狠狠伤害后选择了分手。当很多人重温这部电影的时候，都说朱茵一定爱过周星驰，因为爱一个人的时候，眼神不会说谎。

记得朱茵在一档综艺节目里说过这么一句话："如果前面那个人，让你看不见爱情的话，记得跟你自己说，前面还有很多更好的等着你。"

朱茵最后选择了放手，却等来了黄贯中，一个懂得怎么去爱她珍惜她的男人，她得到了幸福，也从此变得越来越美。

黄贯中曾说过，他这一辈子的运气都花在朱茵身上了，所以他从来不赌钱，因为他知道自己一定会输。

这句话也恰恰诠释了他对朱茵的那份爱是多么地难能可贵。

姑娘，那个让你哭、让你爱到遍体鳞伤的人根本不值得你去爱、去回忆，我们真的没必要为了一些已经过去的人或事把自己一次次丢到失望和伤心的深渊里。

只有把回忆折叠，把往事抛开，才能腾得出手去接鲜花。

4

我身边有很多好女孩，她们经常问我："你笔下的爱情真的存在吗，为什么我每爱一次就失望一次？"

我说："我们每个人都在感情里多多少少受过伤，但不管你被伤得有多深，请你一定要相信，总有一天，会有那么一个人，他会穿过人群紧紧地拥抱你，然后再也不放开。"

他会包容你的小任性，照顾你的小情绪；他会心疼你留下的每一滴眼泪，会在乎你每一个说话时候的表情；他会把大把大把的情话都说给你听，会把全世界最好的爱都留给你。

他会让你忘记自己全部的不幸，转身就变成受人羡慕的幸运儿。

所以啊，不要去羡慕别人的爱情，因为总有一天，别人也会同样羡慕你。

你总会遇见心甘情愿对你好的人，只是你要等。

懂你情绪的男人，很高级

"有时候，
爱情就是不讲道理、无法言说的喜欢。"

1

每个女生大概都做过一个梦，一个霸道总裁爱上你的梦。

电影《喜欢你》中的周冬雨就是个平凡的小女生，虽然是个天才小厨师，但是她的菜一直没有人欣赏过。

她被她的前男友形容是韭菜身材，干瘪且无味。大概每个女生多多少少都会遇到过一两个渣男，在渣男的眼中你为他付出了整个宇宙，他都不为所动甚至嫌东嫌西。

但是世界上最美妙的事情就是，一直平凡的灰姑娘终于遇见了她的白马王子，遇上了那个懂得欣赏她的"伯乐"。

"我只是讨厌你的脑子笨，说话没逻辑，做事情欠条理，清醒时犯糊涂，喝醉时更糊涂，家里脏得像猪窝！"

但是当金城武对周冬雨吼着说"我根本没有办法选择喜不喜欢你"的瞬间，我咧着嘴笑着笑着就泪目了。

有时候，爱情就是不讲道理，无法言说的喜欢。

2

有时候单身久了也不知道自己究竟是为了什么。可能是一个人孤单惯了，但是在情人节、平安夜的时候又很羡慕街上的情侣。

也许是我一直在等那个与我步调一致，维度一致，懂我的人出现吧。

某天，小维问了我个问题："你究竟喜欢怎样的人？"

当时我被这个问题问呆了，居然没办法马上回答得出。是喜欢胸大腿长脸蛋姣好的么？不一定。喜欢温柔懂事知书达理的么？似乎也不一定。

恍然间明白，原来爱情根本没有任何判定的标准，就像你妈打你，不讲道理，没有任何规律可言。你也不知道上一秒你明明脑海中知道自己喜欢林志玲的成熟稳重，下一秒会不会就爱上了周冬雨的精灵古怪。

可能我是喜欢你，因为跟你说话时候不累，你能听得懂我每个梗，接得住我每句话。你能知道我言语背后的含义、每个表情后的真实情绪，因为我们是同——个世界的人，我们的生活维度相同，你懂我，我也懂你。

就好像电影中挑剔的金城武，面对米其林大厨的菜，他也能眉头深锁地挑出各种刺，但是当尝到周冬雨烹调的女巫汤意面的时候，他感受到了前所未有的享受，因为他读懂了她每一种食材的意义。

最后她为他做了道墨汁菜，他明白墨鱼在逃跑的时候才会喷出墨汁，她是在向他求饶。

爱情总是在悄无声息中降临，因为懂得将彼此的距离拉近。

3

"只因喜欢你，甘心变愚人。"

我相信人与人之间都存在着微妙的联系。可能说几句话，几个眼神的对视，你就会莫名地被一个陌生人吸引产生好感。

果果跟男友刚跨越过了他们的七年之痒，可谓是我朋友圈里的模范伴侣。

他们也经常会为了琐事争吵，但是吵完之后还是会继续拥抱；他们也有过想在回家的路上买把枪大开杀戒，但是在买枪的途中遇到对方爱吃的水果，顺便也买回了家；懊恼的时候也想过放弃彼此，但是又害怕一旦放手之后可能这辈子都找不到像对方那般的人。

果果说她不开心的时候会告诉别人自己只有一点不开心,但是会告诉男友,其实自己好难过好难过。

在他面前,她可以轻松地做自己。他对她的感情是放养式的,从不会干涉她太多,果果一直都有自己的私人空间,偶尔男友会安静地陪她聊天,一起分析遇到的事情。

"我的矫情,他会说这是很正常的情绪;我说了些奇怪的话,他会摸着我的头说我说话有深度;我做任何的事情他都会支持我,告诉我他相信我的选择。跟他在一起之后我成熟了,不是因为强迫自己去成熟,而是因为我要不辜负他的懂得,所以才让自己变得更加地负责任,有原则。"

原本以为这个世界上我不需要任何人的陪伴,直到我遇见了你。

4

"你说,如果我不会做菜了你还会不会喜欢我?"

"我不知道,就像我也不会知道如果你不会再做错事了我还会不会喜欢你一样,因为我根本没有办法去选择喜欢你的优点还是缺点。因为,我根本不能选择喜不喜欢你!"

感情就是在彼此身上寻找自己存在的意义,彼此需要彼此的过程。

  他成熟稳重生活得太过刻板,所以需要一个活泼开朗孩子气的女生来为他的生活画上色彩;他像个孩子总是长不大,所以需要一个成熟稳重的御姐来照顾他、包容他;他喜欢吃蛋黄,而你习惯吃蛋白;他喜欢吃肉,你喜欢吃蔬菜,荤素搭配这样才更有营养。

  和一个需要你,并且也深深被你所需要的人在一起。

  因为你们是一个世界的人,他懂你每个情绪背后的含义。

你一定是被宠坏了，男朋友才要给你立规矩

"万人追，不如一人疼，
万人宠，不如一人懂。"

1

我们男人常常会讨论一个问题，就是女人到底能不能宠。

如果太宠着自己的女朋友，是不是就容易宠坏了以后不好过日子？

我觉得如果换个角度想，一个女人跟了你，假设你不宠的话，她为什么要和你在一起。她单身的时候有那么多追求者要对她好，对她献殷勤，跟了你之后她就相当于赌了一把，拿一生来赌你是个可以指望的好男人。

宠只是一种回报罢了，什么叫宠坏？难道她能坏到无法无天了？你又不是养了一个还在上小学的孩子，三观还没有完全地树立起来，所以不能太惯着，需要你来教。

说一万遍我爱你，不如好好在一起 ♡♡

　　成年人的感情就是你宠她了，她也会加倍为你付出。

　　就好像坐跷跷板，两个人互不相让的话，最后只能远远坐在两边望着彼此，但是只要有其中一方愿意放低自己，那么另一方高起，对方就会顺势滑向你，你们的距离就越来越近，这就是惯性啊。

2

　　某天下午，去电影院看电影，在等待进场的时候，留意到眼前两男一女的组合，其中一对是情侣。

　　只见那个女的拉着男朋友的手弱弱地说："宝宝，你去给我买瓶水行吗？"

　　她男朋友一脸不耐烦的样子回答她："刚刚取票的时候怎么不说要喝水？"

　　那个女的听了就有点不高兴了，说："刚刚没想起来，我钱包都放在你车里了，你就帮我买瓶水吧。"

　　她男朋友说："你怎么看个电影事情那么多，要喝自己去买啊，没带钱包不是有支付宝吗？你没手没脚啊？"

　　那女的听完脸色就变了，话也没说就跑去买水了。

　　女孩前脚刚走，她男朋友就和边上的友人说："这女人啊，就不能太惯着，今天就必须给她做做规矩，让她知道点分寸。"

听到"做规矩"三个字我惊呆了,敢情别人家的女儿,轮到你这个男友来做规矩了,人家父母难道不会吗?

你女朋友是有多倒霉、多眼瞎,跟了你这么一个男人,都还没到以后呢,你就想着要做规矩了,你俩还能有以后吗?更何况,给女人买瓶水这是一个绅士最起码做的事情吧?

我觉得一个男人,不要把自己不够爱的借口用一个冠冕堂皇的理由诠释出来,强加到女人身上。

单身的时候寂寞得想要有个伴,脱单了以后新鲜感一过又不珍惜,于是让自己陷入一个分分合合的死循环中。

一边哭丧着脸说天下的好女人都绝种了,一边却完全没有考虑过到底是为什么错过了好女生。

3

可能有些人会说,我虽然对女友不是很好,但是我有爱她的心。

但是总有那么一些人拿着他的那颗赤子之心,不付诸任何的行动,就好像在墙上画个饼,你要的我全给了,不过吃不吃得到就是你的事情了。

他们完全不知道你需要的究竟是什么。

女生需要的跟你赚多赚少真的没有关系,很多人分手的原因其实都不是原则性的大问题，只是在那些芝麻绿豆的小事中她们彻底失望了。

有多少女人经历过类似的情况，在追到你之前，把你宠得和公主似的；追到手之后，热情立马下降——不再嘘寒问暖，不再秒接电话、秒回微信，不再随时出现在你身边。

为什么会这样？仅仅只是因为男人害怕宠坏女人，所以就早早开始做规矩了？

阿七和我说，她之所以单身到现在一方面是因为还没有遇到对的人，还有一方面的原因就是对男人有了一定的抵触和不相信。

她说："你知道为什么那么多女人疯狂地迷恋偶像剧里的男主角吗？不仅仅是因为他们长得帅、颜值高，更重要的一点是，这些男人更符合女人心目中白马王子的形象，体贴、温柔、男友力爆棚，分分钟把女主角宠得没边。"

想起一句话："万人追，不如一人疼；万人宠，不如一人懂。"

一个女人真正需要的，也就是一个能懂她，并且愿意宠她的男人。

4

年轻的时候谈过一次恋爱，到现在还依稀记得，下雨天的时候怕女朋友淋湿，用手为她撑起一顶雨伞；她大姨妈的时候，从家里偷拿了爸爸喝茶的保温杯，泡了一杯红糖水给她送到小区门口；她经济困难的时候，我瞒着她，给她的卡里存了一些生活费。

有一次，她和我说："你别对我这么好，我怕被你宠坏了。"

我说："宠坏了最好，这样就不会有别的男人比我对你更好了，我就怕自己还是不够好。"

最后我们还是分手了，因为一些琐碎的细节，因为一些年轻的不成熟。三年前，在一个深夜收到过她的一条短信，她说："谢谢你那段时间对我的好，让我享受到被人疼的滋味，我快结婚了。"

我想，很多情侣即便在一起谈恋爱也没能走到最后，可是一个男人总要在相处的时候尽可能地对你女朋友好一点，这样她离开了你以后才不会遇到人渣，因为她只能找一个比你更宠她的男人，而不是一个不负责任的男人。

如果你是真心喜欢你的女朋友，千万别再说什么宠坏了不好过日子，要做点规矩什么的话了。真心喜欢的时候，只会嫌自己不够好。

如果你不是很喜欢你的女朋友，就别再拿着谈恋爱的幌子去骗炮了，拿出你的手机，光明正大地约炮去吧，至少我还看得起你一些。

女生就一定要被宠着吗？

是的。

年纪大了就不想取悦谁，跟谁一起舒服就跟谁在一起

"我不需要刻意地迎合你，
你也不用勉强地迁就我。"

1

不知道你们是否和我一样。

以前喜欢那种轰轰烈烈的感情，两个人一起任性，不管不顾所有人的看法，爱得死去活来。

后来年纪大了就想要长久稳定的感情，没有太多的猜忌，两个人在一起彼此都感到舒适自然的那种。

因为猜来猜去真的很累，委曲求全也会很累，朋友也是，爱人也是，有时候累了就想躲远点，毕竟我们生来都是为了自己而活，而不是为了别人。

朋友说，最累的感情莫过于猜忌。

你需要揣摩对方是否撒谎，是否变心，或者在遇到争吵的时候对方永远保持沉默，不表达自己内心的真实想法，你永远

都猜不到他究竟在想什么。

渐渐地，你会发现自己再也不会强求任何人留在你的生命中，你学会珍惜每一次的相遇，释怀每一次的离开。

生活已经如此艰难，为什么还要将自己放在猜忌的牢笼中？

2

之前，收到一个读者的留言，她说跟现任的感情很疲惫。现任是个喜欢让她猜的人，从来不把自己的情绪很直接地表达给她，偶尔两人争吵的时候他会把自己的情绪跟烦恼一股脑地倒出来，并反复指责她不理解他。

她时常会被这种指责弄得一脸懵逼，很多情绪，你不说，我也不是你肚子的蛔虫，怎么知道你最近过得怎样，经历了什么不悦？

在一无所知的情况下，你还想要我替你着想，顺着你的意思说话？

她很不理解那样的人，为什么一定要别人去揣摩他的生活状况？因为自己是个直性子，都是有什么说什么。

两个人在一起是一个从陌生到熟悉的过程，你希望对方能够了解你、懂你，那么你就要先表达自己的真实情绪跟想法，沉默的感情永远都只是陌生的恋人。

有个陌生的恋人，还不如一个人单身来的更加舒坦，不是么？

因为最后留在身边的那些人一定都是能够带给你快乐温暖的人，而不是那些让你猜不透的人。

3

记得以前看综艺节目的时候，有个女生上节目诉说自己的烦恼，说自己的男友将她看管得太牢。

男友不允许她跟任何一个除了自己以外的男性接触，跟女性朋友出去也要查无数次的岗，让她拍小视频、发定位证实她没有撒谎骗自己。

女生说，刚开始的时候确实会感觉甜蜜，因为这样说明男友在乎自己，只是时间一久感觉这种甜蜜就好像个糖果牢笼，外表甜美，但是却十分压抑。

她几乎没有一点私人空间，男友每天晚上还要查看她的手机，看看她的聊天记录。

我觉得人与人之间相处的关键就在于自在开心，一旦加入了猜忌和怀疑就变了模样。

真正自信聪明的人根本不需要通过强制手段管制自己的感情，因为强压下的政权只能持续一时，不可能持续一世。

感情需要的是彼此的信任而不是盲目的管制与约束。

猜忌的感情会让人感觉疲惫，人与人最好的感觉就是彼此

说一万遍我爱你，不如好好在一起 ♡♡

尊重，彼此懂得，我们都给对方留有一定的生活空间。

4

苏芩说："宁可孤独，也不违心，宁可抱憾，也不将就。能入我心者，我待以至宝。不入我心者，不屑敷衍。向来缘浅，奈何情深。"

我们都已经过了那个"你不喜欢我，我非要喜欢你"的年龄，只想跟舒服的人在一起，你对我好，彼此信任，取悦别人远不如快乐自己。

爱情友情也都是如此，不需要很刻意解读你话里的每一层意思，只想简简单单地谈笑，我不需要刻意地迎合你，你也不用勉强地迁就我。

最珍贵的莫过于那些不需要刻意去维护的感情。

我们一直在怀念过去，因为每个人都是刚认识，一切都刚刚好——刚好的距离，刚好的空间，刚好的关系，刚好的直接。

最舒服的关系是不需要取悦谁，我们彼此都是自由的，如果恰巧彼此相爱，恰巧能聊得来，不需要太多的包装，也不需要太多的猜忌，我就是那个真实的我。

如果你恰巧也是那个真实的自己，那么我在原地欢迎你随时来读懂我。

Part5

我每天都在笑，你猜我过得好不好

说一万遍我爱你，不如好好在一起♡♡

心软和不好意思，真的会杀死自己

"我们把善良给了不少不知感恩的人，
却被别人当成是傻子。"

1

有人说懂事的女生没人疼，接二连三地遇到渣男，反倒是那些作天作地的女生就有人疼。

似乎这个世界上，总有人像瞎了眼一样，看不到你的善良，看不到你的百般忍让，还时不时地反手给你一巴掌。

都说人在付出了感情之后，就变得不酷了。

Kiki和我说，有时候，她很羡慕那些可以活得很酷的女生，可以在爱人的怀抱里任性，可以大声地说出自己的需求，喜欢也好，不喜欢也好，都能大胆地说出来。

也许是因为家庭的缘故，Kiki小时候经常一个人独来独往，导致现在很自卑，很容易依赖上一个人。男朋友有很多不好的地方她也不敢说,总是选择顺从对方的想法和意见。她常常觉得人活着很累,生活很累,恋爱很累。

一味地心软和顺从也让她渐渐地迷失了自我,不能愉快地做自己。

爱的另一个名字,叫作"妥协",并非只是心宽、太善良,而是因为不舍,所以成全了别人,往往却委屈了自己。

2

我们把善良给了不少不知感恩的人,却被别人当成是傻子。

妮妮聊天的时候和我说,她这辈子最恨自己的就是心软,不懂得拒绝人。

就像有阵子,她去国外出差,有一个朋友托她从免税店带化妆品回来,本来她的行李箱就已经塞满了因为不好意思拒绝就一口答应了。

为了给这个朋友带东西,她硬是给自己一样东西都没买,原本计划第二天要去的地方也没去,急匆匆地买好就上了飞机。

等她回国以后,还特意将这些化妆品打包好寄给了她,并在微信里告诉她这些东西的价格,原本以为对方会说声"谢谢",结果却收到了对方这么一条微信:"东西我收到了,但我觉得价格有点贵了,不是免税店吗,怎么卖得比淘宝还贵?"

妮妮就把购物小票发给了她，证明自己没多收她任何费用，没想到对方却说："哎哟，我也不是怀疑你什么的，只是你看淘宝卖得那么便宜，你的价格都两倍了，要不算了吧，我不要了。"

妮妮无语了，这东西就是为她特地买的，她居然说不要了。最终没有办法，本来一共要1300的东西，妮妮直接把那300给抹去了，对方才勉为其难地接受了。

还有一次，朋友喊她出来吃饭，妮妮说，她本来不想去的，架不住朋友约了好几次就去赴约了。

点菜的时候，朋友把菜单拿给妮妮，妮妮就选了几个自己爱吃的菜，哪想到吃完以后，朋友居然对她说："哎哟，今天这顿饭几乎都是你点的菜，吃不完好浪费哦，要不这顿你买单吧，嘻嘻。"

妮妮说："林熙，有好几次我都碍于面子和不好意思最终选择了让步，你说我做得对吗？"

对你妹，像这种存心占你便宜还不知道感恩的人就不用把她当朋友，还嘻嘻，嘻她一脸。

别人好意思为难你，损害你的个人利益，你为什么不好意思拒绝呢？

3

女生在感情里最容易心软，但是心软的下场就是生活得越来越惨。

有的人喜欢在爱情里无私奉献，先付出了心，再付出了身，最后又付出了钱。

记得有一位读者曾给我留言说，自己的家境比较富裕，男友是外地的，没什么钱，也没有一份像样的工作，两个人出去约会永远都是女的在掏钱，也是女的一直在照顾他的生活起居，而男的则像个大爷一样，脾气不好，凡事还要顺着他。

男友和几个朋友出去玩，要问她借钱；男友说最近找朋友合资亏光了钱，要问她借钱；男友说想要买台苹果笔记本，还是问她借钱。

读者说，他对我好点也算了，可是最近除了问我借钱，他都不怎么愿意出来陪我。为什么我的付出一次次地变成了理所当然？

似乎每一段感情的付出都不一定都能得到相应的回报，你越是努力，越是想要委曲求全，换来的越不是幸福，而是遗憾。

很多人在感情上都不够理智，大概道理都懂，可傻子总是自己。

明明知道这样做委屈了自己，却不好意思拒绝，一碰到爱情的我们总是心慈手软，因为不想失去，总是把在乎的人看得比自己还重要。

4

不要对不值得的人心软,也不要给刻薄的人伤害你的机会。

如果你的一次次退让换来的是得寸进尺,如果你的一次次善良得到的只是他人眼里的理所当然,那么你本来就一无所获,何必再为难了自己?

女孩啊,太善良、心太软、太懂事,是你的软肋,你总以为退一步海阔天空,忍一时会相安无事,但有些人不能老惯着他,要不然他总以为你好欺负。

这个世界虽然不公平,但我们有选择的权利,有句话叫作,你的善良得有些锋芒。

善良不是你的保护色,你要让人看到你的底线在哪里,而不是纵容别人侵犯你的权利。

你在别人身上善良一千次,还不如对自己仁慈一次。

活着本来就不轻松,该撕撕该忘忘,干吗委屈自己。

人和人，刚认识的时候最好

"我好像拥有了你，
可我刚刚才失去你。"

1

某天早上，在朋友圈看到这么一句话："人呐，还是刚认识的时候最可爱。"

仔细想想，好像的确是这样的。每一段感情刚开始的时候都是分分钟妙不可言，你觉得对方幽默、善良、有趣、大方。

你愿意为了一个人24小时都守着微信，愿意在闷热的夏天出门只为见上她一面，愿意倾听她的小情绪，那些喜怒和哀乐。

我们每个人都会经历感情最怦然心动、最甜蜜的时刻，爱得轰轰烈烈，爱得难舍难分，爱得好像永远都不会有热情消散的那天。

那种感觉就像你和他似乎已经认识了很久很久，你们一拍即合,你们相爱并且默契。

你总是在想为什么没能早点遇见,这样就可以早一点陪伴对方,你们说过要在一起一辈子永远都不要分开。

有人说,一开始就达到最好的恋情,怎么走都是下坡路。

当感情一点点地被时间所透支,所有的山盟海誓都会慢慢地被冲淡,曾经的惺惺相惜变成如今的相看两厌。

认识你从你的名字开始,放弃你从你不爱我的那刻起。

2

人总是喜欢怀念过去,怀念过去的我们。

那时候,我们无话不谈,我们没有矛盾,我们沉醉于发现对方,而时间是毒药。

小曼说:"我和男朋友刚认识的时候,他碰我手一下,我都会脸红,他会温柔地牵着我的手,一路唱着情歌,他看我的眼神里永远有光。和他在一起的每分每秒,我都感觉自己被深爱着。"

我问:"那现在呢?"

小曼落寞地说:"我们已经很久没见面了,即便是见了面也只是急匆匆地吃完一顿饭,他不再陪我看爱看的电影,不再秒回我的信息,他总是嫌弃我太幼稚、太脆弱、不够独立。

"我真的很想回到当初聊天时他秒回我的时候,我们每天都有说不完道不尽的话,而不是像现在这样,我在对话框里打了很多很多想说的话,却因为怕他嫌我太烦而删掉了所有,只留下一句'晚安'。"

都说女孩子的感情是加法,而男孩子是减法。男生的一腔热血到了后面就开始变得忽冷忽热,而女生刚开始的无所谓到后来却越来越深情。

我越说越多,你越说越少,到了最后,和你在一起的感觉比单身还要寂寞。

如果感情就保持在刚认识的时候那该有多好。

3

很多人认识久了就不当回事了。

小美说,她和她的男朋友闹矛盾了,也许是因为在一起的时间久了,彼此太过熟悉,讲话和做事的方式都变成了为所欲为。

男友在工作上一遇到不顺心的事就喜欢对着小美乱发脾气,小美哭了他也不来安慰,任由她一个人大晚上地夺门而出。

小美晚上加班,下班的时候暴雨想让男友开车来接她一下,男友硬是躺在家里的沙发上玩了一晚上的游戏,还理直气壮地对小美说,谁没经历过下雨天,你矫情什么。

小美说:"有时候,回过头来想想,不知道自己一直在坚持些什么。可能是太惦记着他当初的那份好,怀念两个人刚认识时,他的那份真诚和胆怯。和他最开始的那一两个月真的很开心,他会时不时逗我开心,每天和我聊天聊到晚上 11 点再互道'晚安',可是现在他都不愿意和我多说一句话。我能很明确地感觉得到,他已经没有以前那么爱我了。"

当初的誓言像极了一个巴掌,每当你记起一句就挨一个耳光。

4

大概每个人都会遇到一个爱不下去的人,放手舍不得,坚持又太累。

渐渐觉得爱情这个东西有没有都一个样,可能被世人捧得太高,它跟永远、一辈子其实没太大关系。总有人离去,也总有人来陪你走接下去的路。

就像总有一天,我们牵着别人的手,遗忘曾经的他,但也只有在最难熬的时候,才会想起那些甜蜜的日子里,那个曾经发誓说要娶你、给你幸福的人。

朋友说,因为刚认识的时候最美好,所以才有了那么多的想从头再来。想再一次回到刚认识你的时候,我红着脸拉着你的手,你笑容腼腆,温柔地亲我额头。

我好像拥有了你,可我刚刚才失去你。

始于相遇,终于相知。

终其一生,最美不过初遇见。

说一万遍我爱你，不如好好在一起

我每天都在笑，你猜我过得好不好

"有的人，爱着爱着就淡了；
有的人，梦着梦着就断了；
有的人，笑着笑着就哭了。"

1

有人说爱哭的人都是善良的。

"你有没有过一个时刻，笑着笑着就哭了，然后哭着哭着又笑了？"

就好像有时候回过头来翻开两个人的聊天记录，从刚开始的嬉笑打闹到最后的形同陌路，看着看着就笑了，笑着笑着就哭了。

就好像有时候独自一个人在电影院看电影，看到特别感人的画面就会想哭，可这个时候如果正好被人撞见，就会一秒钟收起眼泪假装笑得跟二百五似的。

而这些旁人未曾知晓的故事，却被我们深藏在一个角落里，用微笑来代替。

那天Coco生日，约了一帮朋友在KTV唱歌，当时场面很嗨，大家都尽情地摇着骰子喝酒，酒杯跟酒杯碰撞在一起的声音夹杂着音乐，让你好像暂时忘记了烦恼。

这时候，音乐突然飘出五月天的《我不愿让你一个人》，我记得当时Coco听到这首歌，神情恍惚了一下，拿着麦唱了两句之后她的声音开始哽咽了。

当时包厢十几号人看得目瞪口呆，手足无措。

擦掉挂在脸上的泪痕之后，她抬起头笑了笑说："这首歌他以前经常唱给我听。"

有时候思念是一种很玄的东西，如影随形，会无声又无息地突然攻陷你的心。

当思念来袭，理智会被占据、吞没，而寻找你是唯一的出口。

2

"你还记得他么？"

"早就忘记了。"

"可是我还没说是谁。"

这大概就是假装忘记一个人的感觉吧。

有时候，越是拼命去遗忘，越是忘不了。

有一天，见面不再尴尬，问候不再奇怪，玩笑依然开心，你才是真正地放下了。

感情有时候会觉得很讽刺，Coco 跟男友恋爱了三年，当初那个给她系鞋带、拨弄她的刘海，累的时候给她鼓励，老是看着她的人，匆匆地上了别人的船。

她永远都不会忘记那个男人是如何承诺她未来，又是如何狠狠地甩开她的手，走向别的女人的。

爱情的前期总是很甜蜜也很让人憧憬，Coco 和所有恋爱中的女人一样，喜欢时刻依赖着对方，毫无保留地付出自己的感情，直到她在微信中发现了男友和另一个女孩的暧昧信息。

那一天，说好的幸福突然一下子崩塌了，原来这段时间男友不停地在 Coco 身上挑刺、闹冷战，只是想要找到一个分手的借口罢了。

"你说过不会让我一个人的，你怎么能忍心丢下我一个人？" Coco 哭红了眼，而眼前的这个男人犹豫了一下还是走了。爱情有时候抵不过外面的那些莺莺燕燕，分手的那天他说："你要照顾好自己，你笑起来比较好看。"

Coco 说："明明就是我们一起进的电影院，你提早离场了，还非要我一个人笑着看完全场？"

分手后她开始和几个小姐妹们不停地出去玩，却绝口不提他。

在外人眼里，Coco是一个大大咧咧的人，看着没心没肺，高冷得无坚不摧。

有一类人看似花心，其实专一；看似坚强，其实脆弱；看似开心，可笑容后的哀伤谁又能懂呢？

3

在写文章之前，我跟胖子属于酒吧的钉子户，一周至少三次在酒吧，风吹雨打都不怕。

什么时候爱上喝酒的呢？大概是在第一次付出感情却得不到回报的时候吧。

你说酒的味道很好吗？如果味道好的话为什么我们每次喝完之后都会吐？明明喊着再也不喝酒了，可第二天却仍然拿起了酒杯。

胖子有时候会问我："你说眼前的这些人他们究竟开心吗？"

我说："至少他们现在都挺开心的。"

胖子说："我现在很想恋爱，但是我没有喜欢的人，连发呆都不知道该想谁。"

我说:"我也是。"

成长教会我们的是自己舔舐自己的伤口,最后渐渐地封闭内心。

当你认真地谈过一段感情,最后却分手了,后来你会很难再去喜欢别人,你不想花时间也不想去了解,就好比你写的一篇文章快写完了,但老师说你字迹潦草,把作业撕了让你重写一遍,虽然你记得开头和内容,但你也懒得写了,因为第一篇文章花光了你所有的精力,只差一个结尾你却要从头来过。

因为害怕被辜负,所以我们总爱隐藏自己。

4

我有个朋友的姐姐,人前属于恬静的类型,温婉的脸上总是波澜不惊。但是她说,她情绪到达崩溃的边缘时曾在电梯中,抱着一个陌生人痛苦诉说了三十分钟。

哭完以后她跟他笑了笑走了,没有留下任何的联系方式,甚至她以后再也没有去过那个地方。

从什么时候开始我们在熟人面前习惯隐藏,但是在陌生人面前却能敞开心扉?我总是能在深夜收到很多读者对我说出属于她们的故事,有愤怒的,有伤感的,有悲惨的,她们说,因为这些话在生活中不知道对谁说起。

那个曾经陪你彻夜不眠的人呢？那个会耐心聆听你全部故事的人呢？那个答应永远陪伴你的人呢？他们如今又在谁的身边上演着相同的戏码？

你说你过得很好，那为什么你笑着笑着就哭了呢？

5

我始终相信，会有那么一个人用尽全力爱上你的全部。你的哭，你的笑，你的任性，你的温柔，你的依赖，你的自私，你的天真，你的粗心，你的疯狂，你的安静，还有你同样用尽全力爱上他的那颗心。

爱情有时候需要一些心甘情愿的笨，再掺杂着一些痴迷不悔。

有的人，爱着爱着就淡了；有的人，梦着梦着就断了；有的人，笑着笑着就哭了。

期望越多，失望越痛。于是一次次地期望，在期望中习惯了泪水的侵袭。于是学会了把相思折叠再折叠，以倒影的形状装进夜的底部，阻断伤痛的延续。

其实我每天都在笑，你猜我过得好不好。

说一万遍我爱你，不如好好在一起

一句"我喜欢你"，你对多少人说过

"不要再轻易说喜欢了，

感情会耗尽，感动也会耗尽。"

1

谁能借我 1500 元，让我出去玩一天？分期还款 15 年，每年一百，每个月 8 块 3，每日 2 毛 7，我天天给你发红包，上午 1 毛 3，下午 1 毛 4，每天都是一生一世，天天让你有惊喜，每天有联系，这样我们十五年不离不弃，你说可好？

这句话是上午的时候在柠檬的朋友圈看到的。

她说："憋屈的圣诞节刚过完，过几天就是苦逼的元旦，花式虐狗的筹码一浪浪地向单身狗表达着来自这个季节的恶意，这日子没办法过了。"

她让我给她介绍对象，我说："我身边都是一对对的，自己都要沦落到去花钱买个女朋友的地步，还怎么管你？"

柠檬长长地叹了口气说:"有的时候,我真的分不清一个男人到底怎么样才是真的喜欢我了。前段时间,我去K歌的时候遇到个男生,当时包厢里面有十几号人,他独独挑了我旁边的位置坐下,跟我聊天。你说他是不是对我有好感?

"我们那天喝了很多酒,聊得也很开心,他还约了我第二天看电影,第三天一起吃饭,你说他是不是喜欢我?但是没想到,第五天的时候我发他信息,他居然没马上回复,晚上回复的时候也很敷衍。我不明白这其中到底是怎么了,前几天还口口声声说喜欢我,说要元旦一起去迪士尼玩的人,怎么一下子就变这样了?"

我没说话,柠檬问我她要不要去问这个男人发生了什么事情,不是说好要追求的吗,为什么自己刚打开心扉,对方就消失了。

我告诉柠檬,其实不是他消失了,而是他的耐心用完了。一个男人看女人的第一眼,不是看脸,就是看身材,只要这两项达标,他们就会脑补出一个我喜欢她、一见钟情的情节,然后约你吃饭,约你看电影,如果以上这些都尝试了,仍然没有睡到你,那么他多半就会消失。

其实女生都很感性,如果没有考虑清楚,真的请你们不要轻易地出现在她们的身边让她们误会。

2

之前有一个读者很愤怒地跟我说:"为什么他喜欢我,又说我们不合适呢?"

当时我是懵的。

然后,她接着跟我说:最近遇上个男生,当时是男生主动追求的她,经过一段时间的相处,她渐渐地放下心防,准备接受这个男生对她的心意,但是没想到这个时候男生居然说,他们之间不合适,他放弃了。

我说:"这个男生好鸡贼,给了女生希望之后又让她失望。"

她说:"他可能是觉得我有点粘人吧,但是他之前追我的时候天天微信我,我都没觉得他粘人。可是当我们互相认识了大半年,想着可以发展的时候,他却说不合适。他把我的心偷走了,然后说一句不合适就扬长而去。他是放弃了,我却掉入了一个感情的陷阱。"

我之前说过,女生真的是感性动物,她们不像男人,可以第一眼就喜欢上一个人,然后用自己审美的眼光去衡量合不合适。女生很少一见钟情,她们更容易被长久地陪伴所感动。我身边那些很难追的姑娘,无一不是被时间慢慢感动的。

当一个男人喜欢上一个女生的时候,请不要轻易地说喜欢,更不要轻易地追,多了解一下她的性格、脾气、爱好,确认自己和她之间是不是真的合适,是不是真的可以走到最后,然后再去感动她、追求她。

3

一句"喜欢"太廉价了,女生已经不再相信用嘴巴说的爱情,她们更注重行动力,而男生的套路也随之升了级,喜欢你就是给你花钱,带你吃饭,约你看电影。

这也就造成了一个问题,经常会有人来问我,"他昨天约我吃饭了,说喜欢我,可为什么今天一天都没理我";"他前几天圣诞节给我送了一束鲜花,还给我发了一个520的红包,让我做他女朋友,我犹豫了下,他就把我删了";"他给我发了一个月的早安、晚安,天天晚上陪我打游戏,我准备在元旦的时候接受他的心意,可他却说追我太累了,放弃了"。

为什么?因为根本就没有那么多的喜欢,真正意义上的喜欢,一个人一辈子能遇到几次?所谓的喜欢只是荷尔蒙下想要睡你的冲动。

男生和女生不同的地方是,男生往往会分不清楚自己是真的喜欢还是仅仅是荷尔蒙下的喜欢。

女生,不要轻易地被感动了,也不要轻易地交出一颗心,有的时候失了心比失了身子更可怕。

说一万遍我爱你，不如好好在一起 ♡♡

4

现在的单身男女这么多，很大的一部分原因就是男生喜欢得太过随意，而女生总是遇到三心二意。女人的感情观永远都是精神交流大于外在。

道理其实她们都懂，但是却很少起作用，严谨思维也不是女人喜欢用的处事方法。所以，感性的女人碰上甜言蜜语的男人的时候就容易乱了阵脚。

其实现在大家都挺忙的，并不缺聊天的朋友。如果只是单纯的友谊，那么当初来的时候请你说清楚，让她们不要想太多。

最怕你之前说着"喜欢"，最后通关的时候你又放弃了，没人经得起你这么折腾。

喜欢一个人是不求回报地付出，如果没有那么喜欢的话当初就请不要花这么多的心思在女生身上。

何必总是将喜欢夸张成了爱，最后又不了了之。

一句"喜欢你"可以对很多人说，却只能感动一个真正信了你的人。

不要再轻易说喜欢了，感情会耗尽，感动也会耗尽。

爱情有多久的保质期呢？

"如果最后那个人是你，
那就是一辈子。"

1

爱情有保质期吗？有多久？

有人说爱情走到最后注定会变成亲情，因为激情一旦燃烧光了，所面对的只剩下柴米油盐。

在平淡如水的日子里没有惊喜、没有荷尔蒙，有的只是穷年累月。

一位女性读者跟我说她和男友在一起已经四年了，每天说的最多的两句话就是：

"晚上吃什么？"

"随便。"

"我先睡了。"

"好的。"

熟得连带一句称谓都显得多余，更别说取个爱称什么的了。

除了一起吃饭睡觉，她再也想不出任何关于两个人的生活记忆了，当初那种如胶似漆的感觉现在回想起来就好像做了场春梦一样。

那种感觉就好像是他一直在你身边，却跟变了个人似的。

以前总有吵不完的架，第二天又会甜得黏在一起，而如今没说完两句话，对方就开始沉默，她开始怀疑眼前的男人是否还依然爱她。

几年过去了，热情退却，她只是不愿把日子过成流水账，想找回点恋爱的感觉。

这让我想起很久前在微博上看到的一个视频，视频中的男女天天在一起生活，成了一种习惯。结婚前，他们经常出去，总是给彼此制造惊喜；结婚后无论生日、节日还是纪念日，在家已经成为一种常态。

对男人而言，结了婚的爱情就像是请客吃饭，有没有都已经不重要了，两个人在一起久了，哪有那么多心思玩浪漫。

其实，爱情最经不起的就是平淡，一辈子太长了，一眼就能望到底的生活只能靠一份责任勉强维持。

2

为什么现在的女生越来越不想谈恋爱了?

因为爱情非但越来越不靠谱,连保质期也越来越短了。热恋的时候有多甜蜜,往后的日子就有多无趣。

以前的海誓山盟根本不堪一击,荷尔蒙一旦成为过去,留下的就只是瞎凑合。

其实,有时候男生不是不爱了,而是在一起久了,不再屑于表达,恰巧女生又往往没有安全感,喜欢证明自己的重要性。

两个人天天在一起就算没有说不完的话,照样可以为了对方给生活添加点情趣。

"我爱你"也就两三个字眼,日常生活中多说点情话又有何难,带她去看看海,吃一顿浪漫的烛光晚餐,精心准备一份礼物。

浪漫也不过两三秒的细节,花点心思去证明爱的存在,制造些彼此值得回忆的瞬间,感动了她,也拯救了爱情。

3

我以前一直不理解相爱的两个人为什么要互相折腾,安安静静过多好。

小哲苦笑了下说:"你个单身狗不懂,爱情本来就是互相

说一万遍我爱你，不如好好在一起♡♡

折腾来又折腾去的，在彼此身上寻找乐趣。"

小哲是出了名的怕老婆，以前没谈恋爱的时候兄弟几个只要兴致来了喝酒喝到凌晨三四点才散场，现在哪怕是出个门，都要小心翼翼地向女朋友汇报，得到批准后才能出门。更夸张的是，就算是出了门，也经常被女朋友一个电话叫走。

不光是这样，出差了没给她带礼物要吵，讲话态度模棱两可了要吵，节假日没安排好活动也要吵。

"几次以后我就学乖了，"小哲说，"以后没事家里多藏几支口红，跟几只包，只要她一生气，我就可以变着花样地拿出来哄。"

小哲是一个懂浪漫的人，隔三差五地就给女朋友一个惊喜，带她去环境优雅的酒店吃饭，只要一有机会就带她出去旅游，两个人的纪念日、女朋友的生日，鲜花礼物没有一次落下过。

而这样的日子非但过得不无趣，反倒是像对欢喜冤家，一个愿打，一个愿挨。

4

一个朋友问我："女人究竟想要的是什么？"

其实女人不光是用耳朵谈恋爱的，而是谁对她好，就跟谁走。

女生最幸福的那段时光，是你花尽心思地追她，像公主一样宠着她的时候，而她最失望的，是你带给她美好的憧憬却做不到的时候。

相信我，花很多的钱在灯红酒绿中寻找刺激，不如花点心思在自己的女人身上。当她哭着吵着闹着的时候，无非就是想在你眼中寻找到爱的痕迹，以消除她心中所有的不确定。

因为她最怕在无情的岁月里，看到一个冷漠的你，她其实比你想象中的更脆弱，所以总想找点方式来证明那一闪而过的爱情罢了。

男人为了自己心爱的女人一定不要嫌麻烦，不要吝啬于表达，在平淡如水的日子里，浪漫是最好的防腐剂。

爱情有保质期吗？多久？

如果是你，那就一辈子。

说一万遍我爱你，不如好好在一起♡

熬夜和想你都该戒了

"对的人会在白天给你拥抱，
而不是在深夜让你流泪。"

1

你是从什么时候开始习惯熬夜的？

从迷恋上第一款网游，追的第一部电视剧，还是沉溺在莫须有的感情里的时候？

我曾经喜欢上一个很爱笑的同校女生，白天去找她，她总是很忙，没有时间回复我的信息。我们通常只能在晚上聊天，我说："你为什么总是那么晚才给我打电话？"

她说："因为我只有在半夜无聊的时候才有时间想你，如果你不愿意的话，可以早点睡觉，不用等我的。"

我说："因为我喜欢你，所以愿意为你失眠。"

她说："你真傻。"

后来我和她还没正式开始就宣告结束了，我实在没有办法忍受她白天忙着和其他的男人拍拖，只有在深夜无人陪伴的时候才想起我的存在。

我决定不再陪她的那天，她和我说："现在追我的那个男生，在英国读书学画画，她的母亲会开着宝马来接我去吃饭，会给我很多很多的零花钱，而你有什么？"

那一晚我彻夜没睡，我想，我大概就是从那个时候开始习惯了熬夜的吧。

起初的习惯是为了陪你，后来的习惯是为了忘记你。

因为只有到了深夜，我才能静下心来想你，想你是如何让我心痛，想你是如何让我学会不得不放下。

2

是不是放下一个人，真的很难，难到就算你看遍了所有的毒鸡汤，看着贴在墙上的挂历翻了又翻，甚至是在骗过所有人的情况下，一个人情绪崩溃地上网求救，但依然放不下。

人们往往能放下很多东西，但是却唯独放不下感情。

我总是会收到很多读者发给我的感情问题，其中千篇一律地都提到失恋了该如何放下、如何忘记。

其实道理真的很简单，放不下，忘不掉，很多都是出于你的不甘心，心疼自己的付出最后却没有回报，心疼那份曾经拥有过的感情却走到了尽头。碰到这样决心不够的人，我一般都会选择骂醒她。所谓的还会想他，还放不下，都是因为你太软弱了，你从骨子里就没了骄傲和自爱，他都不爱你了，你还想他干吗？

我看到过那些分了手却还是死缠烂打的前女友，最后不光没了爱情也丢了尊严。

当一个男生已经不喜欢你的时候，你想得再多、做得再多，在他眼里，都是零。

就算你想他想到失眠，打电话告诉他你有多爱他，又能怎样？你们之间，早就已经回不去了。

3

想起去年某天深夜，一个读者加到我的QQ告诉我说："我是一个30岁离婚三年的女人，有一个女儿。今年三月份的时候我认识了一个男人，我们从相识相知到相爱也有半年了，期间一直相处得很好，我们两个都认为我们是彼此最合适的人，可是最近我发现他原来有家庭、有孩子。

"我不想做一个第三者，我也知道我应该放弃，可我已经全身心地投入这段感情了，有不舍有不甘。你能告诉我，我应该怎么办吗?"

我说:"其实答案已经很清楚了,你自己也知道,你来问我,不过就是希望有人陪你说说话。有什么好不甘心的,全天下不甘心的事多了去了,我喜欢一个人,我追不到,我就应该下药,非要上了她才叫甘心吗?我被一个女人伤害背叛了,我就非要报复她、弄死她才叫甘心吗?"

她说:"可是我的心很痛,我止不住地想他,我真的很难过。"

我说:"全世界每天都有人在失恋,谁的痛不是痛,谁的伤不是伤,那些忍着不说、在深夜流眼泪的人不比那些哭着吵着的人好多少。

"早点睡吧,不要再想他了,多敷点面膜,多晒点阳光,对的人会在白天给你拥抱,而不是在深夜让你流泪。"

4

有多少人和我一样,因为一个人养成了一个习惯。习惯了晚睡,习惯了泡吧,习惯了不相信爱情,只是那个让你养成习惯的人早就已经离开你了,可那些习惯却再也改不掉。

去年生日的时候,朋友从武汉坐高铁来宁波看我,我带他去参观我家,在房间里,我打开抽屉给他看我收藏了很多年的明信片,来自各个地方的特色手链,以及小时候的那些照片。

朋友指着其中一张我三年前在西双版纳拍的照片说:"那时候的你可真嫩啊,满脸的胶原蛋白,看看现在的你,啧啧,全是褶子。"

我说:"哎,别提了,都是熬夜熬的,我每天早点休息,一个月后皮肤就好了。"

是啊,真的别再熬夜了,"熬夜老得快"这个道理我们都懂,别再因为一个人把心变老了不说,连身体也跟着变老了,真的不值。

多爱自己一点吧,对自己好一点吧。从来就没有放不下的感情,也没有忘不掉的人,只有不够爱自己的你。

相信我,只有你自己变得更好了,你才会明白,当初为了想他,把自己弄得伤痕累累是多么地傻。

5

有人说这一切痛苦的根源都是爱,而坚强地去度过那段时光,你总会有释然的那一天。

尽管有很多人,我们已经不联系了,可还是会在半夜想起他,忍不住点开他的微博,偷偷看他微信朋友圈状态,从中知晓一二便浮想联翩。会为了那个人失眠,会耗尽所有的勇气给他点赞,或是说上一句"晚安"。

　　到后来,就算是有多少不舍,也不会再给他发消息了。

　　我们每个人都会遇到一个喜欢得不得了却又不可能的人,会因为他笑,会因为他哭,会因为他最终学会放下。

　　夜深了,早点睡吧,对皮肤好一点,对自己好一点。

　　熬夜和想你,都应该戒了。

说一万遍我爱你,不如好好在一起♡♡

女生的礼物很难送吗,为什么要问来问去?

"一个认真送礼物的男生,
远比一个嘴上说着要送一卡车礼物的男生帅得多。"

1

女人最烦什么样的男人?

那就是嘴巴说了一堆好听的,但是一毛钱实际行动也没有的人。他说"要爱你一生一世",前脚刚说完承诺,后脚就跟着出轨了;他说"宝宝,圣诞节给你送个香奈儿,元旦给你送个爱马仕吧",前脚说完,后脚就忘了;他说"改天带你去马尔代夫度假,好好放松一下",前脚说完,后脚就说最近太忙了。

璐璐和我说,她前阵子交了一个男朋友,本以为会是一场甜蜜的爱恋。男朋友也还算体贴,偶尔有空了会接她下班,节假日也会发她几十块钱的红包;她生理期的时候,会叫她少喝凉水,晚上早点休息。可渐渐地,璐璐发现男朋友好像只会用嘴巴表达爱情。

iPhone7刚出来的时候,,男朋友跟她说:"我给你换个新手机。"

璐璐说:"好啊。"

过了很久,男朋友又说:"双十一的时候给你买吧,那个时候划算一些。"

璐璐尴尬地说:"随你吧。"

然后双十一到了,她的iPhone7还是一点音讯都没有。

又过了几天男朋友跟她说:"我看最近iPhone7的水货很便宜啊,我过几天就给你去买一个。"

"过几天,过几天,过你妹啊。"璐璐对我说,"一个手机再便宜能省几百块钱?他就是不想给我买。"

我就特别不明白,如果真的要送就直接送好了,还管什么特价、什么便宜的,如果真的计较这么多的话,那当初就别随口承诺啊。

2

生活中总是会有这么些人——跟你说"过几天,带你去××餐厅吃大餐好不好";"这件衣服看起来很适合你,我给你买一件好吗";"你最近缺什么吗,我给你买吧"。

说一万遍我爱你，不如好好在一起 ♡♡

可是问了一大堆之后就都不了了之了，你不提，他也不说，一下子就好像变成了彼此之间昭然若揭的小秘密似的。

真的，我有时候也不知道这些人到底是什么心理，问要问，但是问了之后自己又做不到，啪啪打脸的速度我都替他们感到尴尬。

想起去年有天一个兄弟喊我陪他逛街，说是他女朋友生日到了，他要送个礼物给她。

我们一起开车去接的他女朋友，到商场以后，兄弟对她女朋友说："老婆，你喜欢哪个随便挑。"

他女朋友连续看了几家店以后没看到满意的礼物，就和他说："没什么特别喜欢的，要不算了吧。"

兄弟说："别啊，这么大一个商场，你再看看，我和你说，这里看不中，我们再去别的商场看，肯定有你喜欢的。"

最终朋友在LV的店里，给女朋友选了一款特别好看的包，女朋友说："太贵了。"

兄弟说："贵点没事，可以多背几年，明年就可以省钱了。"然后迅速买了单，让服务员包了起来送给女朋友。

是啊，真心想送礼物，怎么可能会送不出去呢？其实很多女生都是很替自己的男朋友考虑的，她们怕自己挑的礼物太贵，怕男朋友的经济会有负担，一般从来不开口问男朋友讨要什么礼物,而一个男生,如果真的想要给女朋友送一份生日礼物、一份节日礼物,麻烦你不要问,直接拉着她去买,一家店买不到就换个店买,一定会有她喜欢的。

一个认真送礼物的男生,远比一个嘴上说着要送一卡车礼物的男生帅得多。

3

在这个满是套路的社会,我们最烦的就是那些一个劲儿口嗨的人,明明心里根本没那个想法,却总是要一张嘴不停地说。

说得很多女生信以为真了,到最后却换来满腹失望。假如你真的有心,就收起你那张嘴,一个男人要为自己说出去的话负责,因为你说出去的每一句话,她都会当真,她都会期待。

不要伤害那个相信你满嘴谎话的人,因为你能骗的也只有那个爱你的人,你在路上拉着一个人说"过几天元旦,我要送你一套化妆品",人家当你神经病。但是当你对着你的女朋友说,"过几天元旦,我要送你一打口红的时候",她会期待的。

《小王子》里有一段话:"狐狸对小王子说,比如说,你下午四点钟来,那么从三点钟起,我就开始感到幸福。"

你许下的每一个承诺、每一份礼物,其实她都是带着满满的感动在期许的,但是当你最终只是一个口头协议的时候,她

说一万遍我爱你，不如好好在一起♡♡

会多有失望可想而知。

4

如果真的爱一个人的话，就会留意她在生活中的细节。

真的想要送一个人礼物的话，最佳的方式难道不是默默地去买来然后突然拿出来给她一个 Surprise 么？

我有个哥们，女朋友发了个朋友圈说了句 TF 的色号美哭了。

之后几天我朋友到处在找代购，想要送个礼盒装给女友，给她一个惊喜。

这才是真正想要送一个人礼物的正确打开方式，好吗？好的感情从来不是随便说说之后的不了了之。

最近 YSL 出了款新包包，看女朋友很喜欢，别说太多，偷偷去专柜买来突然送给她就好。

最近女朋友的购物车快满了，趁她睡着的时候偷偷清空就好了。

最近就要元旦了，偷偷订好餐厅，买好礼物，当天送给她就好了。

女人想要的不就是这样的爱情吗？我不言不语，你却全部了然于心。有些人说送礼显得爱情太俗气，但是现在生活节奏这么快，如果没有很多的时间陪伴的话，那么一份用心的礼物其实也是爱意的表达。

　　她们可以不图你的钱多钱少，可以不介意你的外表到底有多帅，也可以忽略你偶尔的小脾气。她们想要的就是一份说到做到的爱情。

　　女人的礼物真的很难买吗？

　　你要送就直接送，没有女人会讨厌收礼。

　　可是万一你买的礼物，她不喜欢怎么办？

　　你那么会说，难道不会向她的闺密打听一下她喜欢什么礼物吗？

　　这样不是更有行动力和惊喜吗？

别嫌我幼稚，我对不熟的人才会用脑子

"成熟的一面是给外人看的，
幼稚的一面是给熟人看的。"

1

你知道吗？当两个人相遇的时候，实际上有六个人存在。

那就是各自眼中的自己，各自在对方眼中的自己和各自真实的自我。

很多人都在努力成为对方眼中的自己而忽略了真实的自我。

其实每个人心里都住着一个孩子，那个真实的自我就是住在我们心中的孩子，这个孩子被我们用面具装扮着，不轻易向外人展现。

某天，一个许久不联系的哥们突然跑来向我求助。

他说："林熙，我感觉我女友有点人格分裂，你说我该怎么办？"

我好奇地问他怎么了。

他说："女友是在一家传媒公司做市场主管的，我们是在一个饭局中认识的，当时她穿着一套西装，脚踩着一双尖头高跟鞋，浑身散发的气场和香水味让在场所有的男生都感受到了她的成熟。你知道我一直喜欢熟女，所以我趁她上洗手间的空档第一个去要了她的联系方式对她展开了追求攻势。

"你知道吗，我足足追了她三个月才把她追到手，现在我们在一起半年了，但是我的御姐梦也随之破碎了。她平常工作中还是跟我刚见她的时候一样，但是在生活中她就好像瞬间变成了没断奶的孩子，每次吃饭都需要我来决定地方、吃什么。有时候我在忙顾不上她，让她来选择，她就选择用不吃饭来'报复'我。

"平常在家的时候，她也总是用孩子的口吻要求我做事情，我耳根子软，她这么求我，我也没办法拒绝。类似孩子气的事情还有很多，我一直以为她很成熟，但是没想到这么幼稚。所以我现在很纳闷，我女友是不是有精神分裂。"

听完这些，我差点没哭出来。哥们原来不是来求助的，是来秀恩爱的。

我说："兄弟，成熟的一面永远是给外人看的，而幼稚的一面是给最爱的人看的。如果你爱她，就好好保护她心里的那个孩子，因为你女友真的挺爱你的。"

2

有时候，人是多变的，但是也是不变的。是否愿意改变，可能取决于你在对方心目中的位置吧。

他喜欢吃苹果，而你给他一个梨，他喜欢你就会欣然接受你的梨，告诉你愿意为了你改变。但是如果他没那么喜欢你，你又恰巧给了他一个梨，那么他会跟你说：我无法接受。

某天，有个读者跟我说，男友总是说自己幼稚，有次争吵的时候男友又开始对她展开人身攻击，她一怒之下说了分手。怎料男友顺水推舟说分手就分手，现在她不想分手但是不知道该怎么办。

她说："如果因为我太幼稚他就要跟我分手的话，我真的不知道该怎么改，因为我信任他，才会将自己孩子气的一面展现给他。"

我说："其实嫌你幼稚是借口，没那么爱了才是事实。"

如果他喜欢你，不管你给他的是什么，他都能够接受。

但是一旦不爱了，一个矛盾都会变成一个感情破碎的借口。

那些嫌你幼稚、希望你改变的人，可能并没有那么爱你，又或许是你爱他更多一些吧。

3

有时候，在感情中，不仅仅是女生，男生由爱情升华到亲情的时候也会变得幼稚。

我有个哥们自己在当地经营了一家小酒吧，跟女友在一起两年，两个人刚认识的时候他表现得非常大男子，会帮女友把所有的事情都安排好。而且他每次跟客人喝酒的时候都会保持清醒，尽量不让自己喝醉，因为老板是不能每天都醉在自己的酒吧的，他需要照顾喝醉的客人。

有时候，我会去他的酒吧坐一会儿听听音乐，他女友会过来跟我聊天。

她说："其实他工作很辛苦的，每天日夜颠倒，工作中需要将自己伪装得像个超人，跟客人嬉笑，他的疲惫其实也只有我知道。

"你别看他有时候说话一本正经的，其实他私底下非常幼稚，我们有时候发生争吵他可以跟我冷战好几天，等着我去哄他，但是每当我收拾东西要走的时候，他又把我的东西藏起来不让我走。"

我问她："你反感他的幼稚吗？"

她说："当一个非常成熟的人对你表现出他的幼稚的时候，你会感觉特别地有存在感，因为他并不会对所有人都展现他的幼稚。"

如果你见到了一个男人幼稚的一面的话,恭喜你,他一定比你想象中还要爱你。

4

现在的生活节奏过于迅疾,我们需要变换不同的身份角色才能游刃有余地在这个社会立足。

职场不分男女,所以工作场上,女生也必须打起十二分的精神,将自己最好的一面表现出来,这样才能受到认可。

我们习惯了在工作中、陌生人的交际中伪装自己,但是平常生活中,如果还带着骑士精神生活的话,这样的人生未免太矜持、太累。所以能遇到一个让自己放松,变得幼稚的人真的很重要。

幼稚有时候是对一个人最高的评价,因为熟悉所以才会幼稚。

有时候朋友之间也是如此。

我们这一辈子,总会遇见那么几个幼稚鬼,跟你说话的时候他会突然不耐烦,跟你吃饭的时候他会要求你请客,给你打电话不分时候,喝了酒之后会拉着你没完没了地聊过去。

他可能会让你觉得特别地不成熟,但是当你出事时,第一个来维护你的，可能也是这个"孩子"。

希望我们都能成为彼此心中的孩子。

不要嫌我幼稚，因为你是我最信赖的人。

说一万遍我爱你，不如好好在一起 ♡♡

你怎么那么容易生气啊

"你可以笨一点，也可以不帅气，
但是你一定不可以情商低。"

1

春节期间，一个朋友给我打电话，她说，她觉得她男朋友情商有问题。

我问她怎么了。

她说，过年期间，她和男朋友都比较忙，在各自的亲戚家吃饭拜年，都没有时间见面。那天上午，她给男朋友发微信，说"想你了"。可男朋友一直都没有回复，过了好久才迟迟回复了一句"嗯"。

她就开玩笑地说："你怎么那么忙啊，给你发微信别说秒回了，指望你一个小时内回复都不容易，回复还都不超过六个字，我生气了。"

男朋友又是一阵沉默，过了大半个小时才回信息给她，这次不是六个字了，而是长长的一段话。

她男朋友说："你怎么那么容易生气啊？你也太作了吧？我早就和你说了，我在亲戚家拜年，你给我发微信的时候，我正在和我亲戚聊天，我哪有空一天天像个没事人一样抱着手机等着给你回信息啊？你那么闲，你自己找点事情做啊，我不就是晚回了你信息吗？你至于吗？大过年的，这都要生气？"

朋友看到信息，一阵懵，本来只是一个小小的抱怨，怎么就变成自己像是在无理取闹了呢？

朋友问我："林熙，你觉得是我表达的方式有问题吗？还是我男朋友的脑回路不好？我本来是不生气的，只是和他开个玩笑，希望他能稍微快点回复我的信息，多打两个字，我觉得这样的要求在一个女生看来，一点都不过分吧，现在好了，他这样一闹，我是真的生气了。"

我深深地感慨，找个情商高的男朋友，究竟有多重要。你说你女朋友太容易生气，这样那样都生气，碰上你这样硬怼的方式，能不生气吗？没事也变有事了，不生气也变生气了。

本来只是简单地想要一点在乎，让你多花几十秒钟多打几个字给她，或者看手机的时候，别先急着刷朋友圈，先给她回复信息，看到她未接电话的时候，第一时间给她回一个过去，

说一万遍我爱你，不如好好在一起 ♡♡

问问她是不是出什么事了。

非要把简单的事情弄得那么复杂，还要怪女朋友太容易生气，我服。

2

想起曾经有个读者和我说过这样一个故事，她和男朋友躺在家里看电视，看到搞笑段子的时候，太激动，一不小心把头撞到床头的墙上了，"砰"很大一声，当时她就痛得叫出来了，一边捂着头，一边看向自己的男朋友，本以为男朋友肯定会立马放下手中的手机，过来哄哄她。

结果倒好，男朋友在一边除了噗嗤一笑以外，什么反应也没有，照旧注意力很集中地玩着他的手机游戏，连头都没有抬一下、看她一眼，压根没有要哄她的意思。

她被男朋友这种态度惊呆了，虽然是看喜剧不小心撞到头了，就是疼了点，没什么大碍，但是男朋友这种连看都不看一眼的态度，她真的始料未及。

她沉默了，也不喊痛了，继续安静地看她的喜剧，过了很久，男朋友打完了手中的游戏，感觉到她过分地安静，才意识到情况不对。

他过去试图抱她，她把他推开了，他假装笑得很淡定地说：

"怎么了，头撞疼啦，你怎么那么笨，笑死我了，现在还痛吗？我给你揉揉啊。"

她说："呵呵，不用了，我刚才撞了那么大一声，你居然一点反应也没有。"

她男朋友说："不是吧？难道你真的生气了？我以为这只是小事啊，我也经常看电视不小心撞到后脑勺，这有什么啊。"

她最后问我："林熙，他居然问我是不是真的生气了。难道我应该不生气吗？我和他待在一张床上，我头撞了那么大一声，连我家的狗都听到了，他居然可以不闻不问地继续玩手机，最后还反过来质问我一句，问我为什么这样都生气。"

我觉得一个男人，不要总问女朋友为什么这么容易生气，不要总说女朋友一点点小事也要计较，先看看你自己的态度，你对于她的情绪点把握到了吗？你想过自己的行为给她带来了什么样的感觉吗？

你再想想，你又是怎么对待你女朋友的生气的。你不是第一时间去哄她，而是质问她为什么又生气了。换了是你，你怎么想？

3

随着我接触越来越多的读者，听过越来越多的故事，我觉

说一万遍我爱你，不如好好在一起♥♥

得两个人谈恋爱，情商真的太重要了，你可以笨一点，因为那样也挺可爱的，你也可以不用很会赚钱，因为条件差也能过日子，你甚至可以不帅，因为很多女人更在乎你是不是爱她。

但是你一定不可以情商低，女人本身就是情绪化、敏感的人，她们其实很简单。在她们假装生气的时候，你千万不要硬怼，甚至质问她们。在那个时候，只要一点点的安慰，她们就会冲你笑了。

我在以前的文章里写过这样一句话，不要总找她的原因，问她为什么总是这样那样就生气了，反过来问问你自己，为什么总能让她找到这样那样生气的理由。

朋友娜娜和我说过，她男朋友从来不会给她生气的机会。每次只要她有一点点不开心了，她男朋友就会立马红包加电话，哄得她分分钟忘记不开心。

她说，女人容易生气是天性使然，而男人选择哄还是选择质问，则看这个男人爱你的程度。

4

有时候，我在想，既然两个人选择在一起了，为什么还非要计较那么多呢。

你女朋友怪你不秒回微信，不秒接电话，你好好地解释一下，然后答应她以后为她开个铃声，尽量第一时间答复，不就好了吗？

你女朋友躺在你身边，距离不足 10 厘米，她的头撞疼了，你放下手机，看看她，帮她揉揉头，不就好了？这个过程不要你一分钱，不要你一点力气。

你女朋友偶尔任性耍小性子了，你也不是非要惯坏她，让让她，等她心情好了，好好和她说，难道她会听不进去吗？

不要总是说什么，你怎么这样都生气啊。

还不是被你气的吗？

说一万遍我爱你，不如好好在一起 ♡♡

嘴硬的女生都是柔软的刺猬

"嘴上说得很冷酷，
其实内心很温柔。"

1

你知道一个女生，会在爱情里撒多少谎吗？

当女生问"你在干吗"的时候，其实她的潜台词是"我想你了"。

当女生会频繁地主动发消息给你的时候，她们大多对你有好感了。

当女生有一天主动约你出去喝酒的时候，她大概已经喜欢你了。

女生经常会心口不一。有的时候，她们嘴上说得很冷酷，其实内心很温柔，她们在爱情里慢热，她们喜欢等待机会而不是去创造机会。而当她们对你万般主动的时候，我想你在她们心里的分量应该已经不轻了,甚至已经上升到了情感依赖的地步。

曾经看到过一句很有趣的话,你知道世界上最硬的东西是什么吗?就是女人的那张嘴。她们和你吵架的时候,让你滚,潜台词是"你敢滚一个试试";她们被你感动的时候,明明眼眶都红,嘴上说的是"哼,表现不错";她们暗自生你气的时候,你问她怎么了,她说没事啊,其实说的是"我有事,你快哄我"。

如果你了解她们,你就会明白,其实她们很软弱,嘴硬只是她们保护自己的方式。

2

小艾说:"真正喜欢上一个人的时候是会乱了阵脚的,你之前学会的那些套路在那个人的身上根本没有用武之地,就连追人的方式也会显得特别地笨拙。"

我很诧异小艾居然会突然冒出这样一句话,要知道她一直是我们圈子里公认的套路"小公举"。她说"在化妆了"一定还躺在床上翻手机,她说"已经出门了"就一定还在家化妆,她说"到楼下了"一定才刚打到车。

我问小艾:"你是谈恋爱了吗?"

小艾说:"我喜欢上了一个男孩子,在他身上,我发现我以前学会的所有套路都失效了。"

小艾曾经在酒吧里一个人和一桌男人暧昧，都游刃有余；小艾曾经在圈子里是出名的女汉子，百毒不侵。可这一次，她怂了。

我调侃她说："你可以把你酒桌上那股拼劲儿拿出去，然后把你暧昧的套路放出去，估计就十拿九稳了。"

小艾说："没用的，我在他面前根本嘴硬不起来，有心给他放一点套路，和他拉开一下距离，可还没等到他主动联系我，我就忍不住给他发消息了。有一次想约那个男生吃饭，但是觉得主动约他又有点不太矜持，就发了一个朋友圈，说有没有一起组队吃饭的，然后设置了朋友圈仅他可见。

"可他也不知道是故意不回复，还是真的没看见，一点反应也没有，最后还是我忍不住私信他，才把他约出来。他和我说，今天怎么这么空约他吃饭，我想回一句'这不是刚好缺个买单的人吗'，话到嘴边硬是憋了回去，说了一句'就是心情好，想和你一起吃饭'。"

如果你有心，你会发现女生就像洋葱一般，只要一层一层剥开她防备的外表，你就会看到她那颗真诚的心。

3

快餐时代的爱情确实变得越来越廉价，上床和谈恋爱没有了直接联系，分手也变得司空见惯。

越来越多的姑娘学会了保护自己，她们抽烟、喝酒、说脏话，用一种男人的方式活着，她们让自己变得很酷。可你知道吗？她们即使再酷，也还是女生，她们在一个人的时候，会无助、会难过、会失落；她们在深夜的时候，会孤独、会流泪、会绝望；她们在喝醉了以后，会伤心、会崩溃、会说出心里话。

褪下防备后的她们，终究也只是一个没有依靠的姑娘啊。

都说撒娇女人有人爱，如果可以的话，哪个姑娘不想找一个能把她们宠上天的男朋友，然后整天撒娇卖萌呢？

如果可以的话，哪个姑娘愿意这样一层层地保护自己，做一个口是心非的人呢？

4

想起曾经很绝望的一段感情，当时我和女朋友都处在刚开始接触的阶段，我们都是属于那种特别没有安全感的人，我和她对感情都特别敏感，特别害怕受伤。

这也导致了，我们彼此都失去了对另一半好的能力。她不敢先喜欢上我，她说她想找一个会一直对她好的男生，只要这个男生一直对她好，她就会慢慢喜欢上他，然后在一起，她可以不用很爱他，只要不受伤就好，至少日子过得开心。

我说:"我愿意成为那样子的人。"

她说:"不行的,我们太像了,我对你没有信心,我害怕受伤。"

我说:"可是我已经先迈出这一步了,你就不能把手给我吗?"

她沉默了,随之我也沉默了。其实我和她心里都明白,我们是彼此喜欢对方的。

她和我说:"你放弃我吧,我们之间不可能的。"

我说:"好。"

我知道,我和她都嘴硬了,其实她明明不希望我放弃她,其实我明明不想说"好"。可害怕付出的我们还是这样错过了。

你明白了吗?有些错过真的就是一辈子的,即便未来再后悔,也都来不及了。

如果你能读懂她的嘴硬,如果你能看穿她的防备,如果你能明白她的欲言又止,用力拥抱她吧。她不会做一个仙人掌,她会像一只刺猬,把最柔软的那面给你。

彼此爱过,总好过彼此错过。

Part6
说一万遍我爱你，不如好好在一起

说一万遍我爱你，不如好好在一起♡♡

爱情的两种模样

"最好的爱情大概就是，
我崇拜你像个英雄，
你疼爱我像个孩子。"

1

曾经看到过这样一个段子：

有一天晚上，特别想吃烧烤，晚上很冷，打电话给当时的男朋友问他可以陪我一起去吃吗，他在电话里回我："这么冷的天，你想冷死我啊。"也是，这么冷也不好硬要求他陪着，于是在寒夜里独自出门。

我以为爱情就是如此平淡。后来几年里，遇见一个男孩子，在聊天中跟他说有点想吃烧烤，电话那头伴着窸窸窣窣的穿衣摩擦声，他说："这么冷的天，你一个女孩子就不要出门了，在家等我，我去买。"

以前以为爱是一种思念，一种分别后马上期待下一次见面的迫切感觉，是形影不离的两个人互相依赖。

后来发现，原来爱情有很多种模样，可以同床异梦，可以剑拔弩张，可以袖手旁观，可以形同陌路。

爱情不光有甜蜜，其实也伴随着很多苦涩。

在没有遇到那个体贴你的人之前，你一直以为爱情中难免掺杂冷漠，原来爱你的人生怕给你的不够，不爱你的人就怕你要求太多。

2

小优跟我说，她也遇到过爱情的两种模样。

有次逛街的时候，突然想吃草莓味的冰淇淋，于是让男友帮她去买，男友不情不愿地走进冰淇淋店，过了一会儿走了出来，手里拿着个原味的冰淇淋。

她当时有点生气说，我不是跟你说了想要草莓味的吗，这家的原味冰淇淋不好吃的。

男友满脸不耐烦地说："这不是都一样吗？爱吃不吃。"两人大吵了一架后各自回家了。

她一直以为当初是自己太作了男友才会离开，但是直到她遇到了现在的男友。

现在的男友很少跟她争吵，事事也都迁就着她。有时候，她只是发了个朋友圈说想吃某某家的甜品,男友二话不说开车去买,买来的都是她爱吃的口味。

她问他:"你是不是对每个女朋友都这么好?"

他说:"我只对爱的人才这么好。"

他们每次争吵过后男友总是会在第一时间转头道歉和好,不会让她气太久,只是因为他不舍得她难过太久而已。

她才明白,很多人说的越吵越爱都是骗人的,真正好的感情几乎很少争吵,争吵之后也会很快和好。

其实,那些真正要走的人吝啬地连说句再见都觉得是浪费时间,而那些嚷嚷着说"喂,我要走了",但是还一顾三回头的人,只不过是想你说一句"留下来,好吗?"。

3

爱情的两种模样有时候你需要在不同的人身上才能感受到,但有时候在同一个人的身上你也能感受到。

桃子说:"以前跟男友在一起的时候,冬天他都会把我的手放在他的口袋中捂着,但是现在钻个被窝都嫌我脚冷;以前逛街的时候他总是会把我护在怀中,但是现在总是一个人走在前头自顾自低头看手机而忽略了我一个人远远地被落在身后;以前总是觉得我胖胖的很可爱,现在却总是嚷嚷着让我减肥。

仿佛曾经的他跟现在的他完全就是两个人。"

她觉得可能是自己太过于敏感,感情归于平淡之后不就是各管各的生活,互相朝着对方的要求改变自己的吗?

但是有一次,她跟闺密一起逛街,逛了一半的时候闺密的老公来找她,他一到,就把闺密的手往自己怀里一揣,顺手接过她的包,很自然地跟她并排走在一起。期间总是不住地问她闺密,是否要喝点什么,一会儿想吃什么,并与她说着今天所遇到的趣事。

闺密说:"今天吃了很多又要胖了。"

他说:"胖一点挺好的,这样我比较有安全感。"

他们两人已经结婚3年,可还像刚刚在一起的情侣一般,这让她认识了爱情的另一种模样。

你总是怕麻烦到他,自己能做到的就不告诉他了,但是看到闺密跟她男友的相处模式,撒娇啊,无理取闹啊,确实很羡慕。

后来你才明白,大约是你怕被拒绝,被拒绝又不会撒娇,久而久之,便不会去要求了。

你以为两个人在一起时间久了难免就会变得无话可说、无事可做,可能只是因为他想说话、想在一起的那个人不是你罢了。

4

经常会听到很多年轻姑娘说自己才20岁,感觉这辈子都遇不到互相喜欢的人了。

有时候，我们总是会在各种求而不得中兜兜转转。

好多女孩总是什么都不要求，怕给对方增加负担，其实真正喜欢你的人反而愿意让你依赖。

记得《撒哈拉的故事》中有这样一段。

荷西：你想嫁个什么样的人？

三毛：看得顺眼的，千万富翁也嫁；看不顺眼的，亿万富翁也嫁。

荷西：说来说去还是想嫁个有钱的。

三毛看了荷西一眼：也有例外。

那你要是嫁给我呢？荷西问道。

三毛叹了口气：要是你的话，只要够吃饭的钱就够了。

那你吃得多吗？荷西问。

"不多不多，以后还可以少吃点。"

真爱一个人的时候，其余的什么都可以舍弃，很多不满都可以包容。

喜欢是棋逢对手，而爱是甘拜下风。

最好的爱情大概就是：我崇拜你像个英雄，你疼爱我像个孩子。

感情不是说说而已

"感情不是说说而已,
我们已经过了耳听爱情的年纪。"

1

"女生听到男友说哪句话的时候想报警?"我问柠檬。

她说:"多喝热水。身体不适多喝热水;痛经难受多喝热水;心情不好多喝热水。就连你可能跟外面的碧池发生了口角,这类男友也会告诉你,多喝热水。以至于现在很多女生不爱喝水可能也是这个原因吧。"

"……"

男生不傻,他们有时候不是听不懂女生话里的含义,只是因为懒,他们懒得去做。

所以两个氢原子和一个氧原子组成的水分子就好像成了有些男生口中的灵丹妙药,帮他们解决来自女友的一切烦扰。

但是这样的感情真的健康吗?

说一万遍我爱你，不如好好在一起 ♡♡

2

我单位有个女同事，她男友不会直接叫她多喝热水。

她身体不舒服的时候，他会跟她说："宝贝，你去倒杯热水喝喝，如果行动实在不便的话就麻烦身边的同事帮帮你，条件允许的话在水里加些蜂蜜、玫瑰，还可以美容养颜。对了，我刚帮你打电话给你妈妈了哦，让她来照顾你几天。这样我放心些，等你身体好了带你去吃好吃的。"

整个公司的人都以为她会跟他结婚，但是，他们最后还是分手了。

有时候，感情这事如人饮水，冷暖自知。外人看到的永远都是表面，实际快不快乐也只有自己才知道。

她跟我们说："我加班累，他跟我说'你大可不必这么辛苦地工作的，女生给自己这么多压力干什么，你可以换一份轻松些的工作啊'。然而他并没有打算承担另一半的房租费，水电费也都是照旧由她来交的。

"他总是说女人就应该在美上花些钱，还跟我一起吐槽现在的直男癌太没见过世面，然而我跟他在一起两年他只在我去年生日的时候给我买过一件衣服，而且还是件T恤。

"我晚上加班晚，一个人走夜路回家，他跟我说'路上小心，注意安全'，然而从来没有来公司门口接过我一次，甚至小区门口也没有。每天我到家的时候都是看到他在打游戏。"

有时候失望攒够了,就会选择放手了吧。

真正的感情不是只说说就可以吧。

3

生活中总是会有这么些人。

他们问你饭吃了吗,你说"还没吃",他们就会回答"记得点个外卖"。

你说你"感冒发烧了",他们就会回答"多休息,记得去看医生"。

你说你"最近工作很累",他们会告诉你"加油"。

事后你抱怨他们对你一点都不在乎什么的,他们会反问你:"我哪里不在乎你了?不是一直都很关心你"。

确实你问得是挺多的,但是实际行动却一件都没有。

现在人的感情观越来越成熟,不像从前一颗阿咪奶糖就可以交换戒指彼此过一辈子。

这年头大家都挺忙的,如果爱得这么敷衍,那当初就请不要来打扰。

4

我有个朋友跟男朋友在一起4年，男友从来没有跟她说过很多的甜言蜜语，连当初追她的时候也是木讷地天天上下班接送。

在接送2个月之后请她去吃了顿高档西餐，吃了一半突然一本正经地跟她说道："我考虑了很久，也关注了你很久，我觉得我们两个挺合适的。"

她跟我说，她当时有种被领导谈话的感觉。

但是我看得出她现在很幸福，有人说女人的另一半的好坏会反映在她的脸上，那么，我在这个女生脸上看到的岁月痕迹就是她深深的笑纹。

她说："他从来没有说过我爱你、我喜欢你，忙的时候也很少秒回信息，但是他会非常细心地记住我的每一个喜好，记住我的饮食禁忌、经期时间。我在经期的那几天他会特别让着我、迁就我。他把我宠得越来越像个小女生了，但是他从来没有说过'我爱你'这三个字。"

最好的感情不就是，你不言不语，我却了然于心。因为好的爱情都在行动中告诉你了。

5

有时候，感情就好像一场相互寻找存在感的合作关系，男女双方都有各自奋斗养活自己能力的时候，女生需要的是爱情，男生需要的是陪伴。

三言两语的爱情就好像冰天雪地的一杯开水，喝进去的时候确实温暖到你了，但是没一会儿就凉了，不能持续地给你温度。

而有行动力的爱情就好像一池恒温的温泉，你每次想起的时候，感觉都是温暖的。

我发现很多情侣之间吵架找茬的那个其实大多都是女生，她们的原因大多也就是"你不爱我了"。这句话的言外之意其实就是"你现在为我做的事情越来越少了"。

其实，如果你的爱情都在行动中的话，那么每天为她做一点小事其实就是在说一声"我爱你"，这样的感情才是每一个女生最想要的吧。

如果一个人说喜欢你爱你，请等到他对你百般照顾时再相信。

如果他答应带你去一个地方，等他订好机票再开心。

如果他说要娶你，等他买好戒指跪在你面前再感动。

如果他说他不能没有你，等他无论多忙都会抽出时间陪在你身旁时再相信，等他在发现你消失了以后像发了疯一样地寻找到你之后再热泪盈眶。

如果他说他一辈子都会对你不弃不离，等他在你遇到任何困难时都抓着你的手陪你坚强度过时再深信不疑。

感情不是说说而已，我们已经过了耳听爱情的年纪。

说一万遍我爱你,不如好好在一起♡♡

在有限的生命里做一个有趣的人

"把自己安逸得看不到希望的生活给炸了,
去创造出你想要的世界。"

1

去年,我在云南旅游期间,很多人在微信里找我,要我寄明信片,分享一些当地的美景。但实际情况是我一天只玩3个小时,其余的时间要么在写稿,要么就在忙工作。

也许是因为当时快过年了,总是时不时有人来向我感慨地说:"工作挺累的,生活也挺无趣的,就连过年也越来越没味道了,日子是一天天地没了期待。特别是忙碌了一整天回到家一躺下,就感觉瞬间被掏空了。"

阿斌在微信上和我说,自己的这份工作又干不下去了,整天像狗一样地扫楼,累死累活地都没接到几单生意,还不如回家睡大觉。

我笑他说:"你别狗不狗的,这年头,谁赚钱不辛苦?"

最后他像往常一样结束了对话,说:"这做人,屁点意思都没有,过年就把工作辞了。"

我想起和阿斌在大学刚认识的那年,他向我吹嘘当年要不是高考失误,准能考上个二本,灰心丧气的他填志愿的时候随波逐流地填了个会计专业,其实他一直想学的是法学专业。

只是高考失利一直成了他逃避现实的借口,他把自己困死在了同一个地方,日复一日,也懒得再为任何事有所付出,日子也过得索然无味。

2

以前认识一个乐手,励志要成为一名职业鼓手,但由于训练的时候太猛,把自己的肺给练炸了,很多人都劝他放弃鼓手职业生涯。

可他偏不,出于对演奏的狂热,他接受了一次次的治疗,哪怕躺在床上的时候,也在脑海里编写着谱子。

出院休养后的他更是把自己关了起来,把之前落下的训练丝毫不差地都补了回来,而属于他的舞台也变得越来越大了。

尼采曾说过,一个人知道自己为什么而活,就可以忍受任何一种生活。

哪怕独自在海上漂泊,也能一眼就看到迷雾中的灯塔,那一刻,再多的孤独和辛酸都会变得渺小,因为眼前的光景,是那么地迷人跟有趣。

而对一个碌碌无为、整天昏昏欲睡、对生活迷茫却从不屑于改变的人来说,生活实在是太无趣了。

只有吃喝拉撒睡、毫无目标与计划、看似轻松简单的生活,其实往往是最心累的,它容易让你的情绪一次次地跌入低谷,像是在重复做着同一天的噩梦。

生活是面镜子,正因为你太无趣,才会过得死气沉沉,感受不到一丝快乐,而一个有趣的人哪怕在暗淡无光的岁月里,也能用自己的双手描绘出一片斑斓。

3

我曾在大理的洱海边上看到过流浪的艺人,他们背着吉他,拨动着撩人的琴弦;也曾在厦门的马拉松赛道上看到那些挥洒汗水的运动员;身边有个同事报名参加了法语的课程,她已经是一位 3 岁小孩的妈妈;法国有位女画家一生都钟情于画花,她画满了家里 40 个房间。

日子过得无趣？厌恶每天的生活都像在复制着昨天？那就像《搏击俱乐部》里的泰勒，把自己安逸得看不到希望的生活给炸了，去创造出你想要的世界。

别再对生活感到愤愤不平，你躺在床上一天，刷着手机看着泡沫剧，那种无聊的人生也是你自己亲手捏造的。

的确，活在丰衣足食的年代里，你没必要那么勤奋，但是也别毁在懒惰里，你什么都不去做，就什么都不会发生。

生活是被动的，人是主动的，一帆风顺的都是神，即便是神，那也是修炼了千万年的成果。

4

年轻的时候，我们在课堂上睡觉，会因为一场无疾而终的爱恋而葬送了光阴，以为这就是所谓青春的残酷，其实你的青春，都还没绽放，就已经死亡。

曾看过一段视频，某家医院访问了一百名临终前的老人，要他们回想他们人生中最大的遗憾是什么，几乎全部的人回答的都是他们生前没去做过的事情。

没去冒过的险，没去追过的梦，这些成了他们这辈子都无法完成的遗憾。

有的人已经在路上了，而有的人还在将就着一份遥遥无期、看不到趣味的生活。

不要活得太畏手畏脚，别埋没了梦想，去切除掉那些阻碍你前进的毒瘤吧。

愿你在有限的生命里做一个有趣的人。

不要每天和一个人聊天，久了会依赖成瘾

"当分别来临，你失去的不是某个人，
而是你的精神支柱。"

1

当你依赖一个人的时候是什么感觉？

就是不知道自己吃什么的时候会习惯性地问他；生活上一碰到什么难题的时候，会很自然地想到他；装满心事的时候，会毫无保留地向他倾诉。而当他没有回应的时候，你常常会下意识地看手机，怕错过了他的信息跟来电。

你习惯在早上的时候打开微信跟他说早安，习惯了在睡前互道晚安，就好像成了一种固定的生活仪式，如果没了，心里就会变得空荡荡的。

就这样，你越来越离不开那个经常陪你聊天的人，但你不知道的是，这时候的依赖已经变成了一种不可自拔的喜欢。

说一万遍我爱你，不如好好在一起

喜欢一个人的时候，心里是会有所期待的，你会期待他每天主动找你聊天、主动关心着你的生活，期待有一天这样的习惯会变成两个人之间的爱情。

2

桃子跟我说，她最近遇上一个男生，两个人是在朋友的聊天群里面认识的，男生看桃子的头像是个美女，主动添加她的微信。

桃子那段时间正好是空窗期，有点寂寞，破天荒地通过了陌生人的添加。

剧情就按照常理那样发展，那个男生每天都会发桃子信息，早中晚都会换着花样地主动找话题聊天。

女生往往会依赖上每天都肯花时间陪她聊天的人，桃子也是一样，从一开始的不经意慢慢地沦陷成一种喜欢。

两个人每天有聊不完的话题，桃子也模糊地以为找到了那个合适的命中注定。

在聊了2个月之后，男生主动约桃子见个面，桃子犹犹豫豫地没答应，也没拒绝。

但是这个男生好像不乐意了，突然跟桃子间的联系就变少了。

桃子说:"原来都是他找我聊天,现在时间久了,角色转换,变成我离不开他了。"

她变得茶饭不思,天天想着他在干吗,却又不敢主动发信息给他,整天抛硬币,正面是爱,反面是不爱。

她说她好讨厌现在的自己,但是控制不住。

原来比习惯一个人更难的是戒掉一个人,当他某一天不再找你的时候,失落感会被无限放大。

3

我相信每个人的生命中应该都有过一段疯狂网聊的时期。

有个读者告诉我说,她在网上认识个男生,两人原本一起相约跨年晚上去放天灯。

她等到凌晨1点的时候发信息给他,他说正在撸串,她就说:"那等你撸完串去放灯的时候说一声。"

男生表示有个人这样等他真的好感动。

然后2点、3点过去了,她傻傻地在等他信息,却等来了一句"对不起,临时又有约了"。

姑娘很生气地没理他,到了第二天才回复,没想到的是他的态度居然也冷冷淡淡的。

女生有时候生气只是希望能被挽留,想要知道对方是否重视自己。然而没想到的是，这个男生比她还酷，她失望透了。

她说："我们聊了一个多月，我很重视他这个朋友，他说过的话、我们的约定我都记得，但是只感动了我自己并没有感动到他。早知如此，我当初就不该认识他，不该对他敞开心扉地聊，不该把感情浪费在他身上。"

不要跟一个陌生人每天聊天，天天聊天的人就算不是情侣，你也会依赖他。就算你们聊得再晚，最后还是要互道晚安。而"晚安"却不是爱情，它要么是无奈，要么是装睡。

火锅可以一个人吃，电影可以一个人看，但一个人维持不了两个人的感情，用情太深最后剩下的只有卑微。

如果你不了解对方身边的朋友，他的样貌、他的习惯、他生气时候的样子，那么你喜欢的其实也不过是自己想象中的样子。

4

我们在面对陌生人的时候会很高冷，但是也只会对陌生人敞开心扉。

人总是这样自相矛盾的动物。你说你习惯孤独，但你总是希望往人堆里挤；你说你不想恋爱了，但你总是羡慕别人的感情；你说你不擅长与人沟通，但是聊着聊着你就喜欢上了陌生人。

有多少人因为无聊而找另一个人聊天，轻轻松松地加了微信，漫不经心地点开他的头像，扯着无关痛痒的话题。

从简简单单的一句"你好"，渐渐地上升到了一种难以放下的精神依赖。

我们总是很容易地喜欢上一个人，最后又迷失在自己的喜欢中，分不清楚到底是缺爱还是真爱。

所以，不要跟一个人每天聊天，久了你会依赖他，习惯是一种很可怕的东西，因为习惯，所以会觉得理所当然；因为习惯，没有人会想到失去是什么模样。当分别来临，你失去的不是某个人，而是你的精神支柱。

无论何时何地，都要学会独立行走，它会让你走得更坦然些。

只有好好爱自己,才有余力去爱别人

"我那么酷的一个人,
不等不该等的人,
也不爱不该爱的人。"

1

有人说,喜欢是坏了就换新的,而爱是坏了就修,修不好就忍忍吧。

瑶瑶问我:"到底怎样才算是爱,是无底线的容忍,还是无止境的等待?"

"吵架五分钟,冷战两三天,连情人节也没幸免。"瑶瑶说,"林熙,我原本也不指望过什么七夕,就是想撒个娇让他心疼一下,结果却变成了吵架。有时候我真的会怀疑自己到底有没有男朋友,有的话为什么每年的情人节都是自己一个人过。他不开心可以不理你很久,却不允许你在他面前有任何的小情绪。每次看到朋友圈满屏的秀恩爱,心里面就特别地难受,两个人在一起不幸福,分开又舍不得。有时一个人坐在冰冷的包厢里和小姐妹们唱着情歌,越唱越伤心。有时,我觉得谈个恋爱还不如单身，一个人单枪匹马的，无牵无挂，酷得像风一样自由，再也不会被另一个人牵制着。"

我说："其实单身也好，恋爱了也罢，我们所做的每一件事情都是为了让自己的生活变得更好、更充实、更富有意义。但假如这个人不能让你开心，并且总是一次次地让你难过，甚至还会影响你的生活，那么我们究竟为什么要忍，是对象太难找，还是你长得太丑？"

你谈恋爱不是来受气的，而是找个人让自己开心的。

2

每个人都会对感情或多或少地产生一些依赖。

叶子说："我曾谈过一场特别糟心的恋爱，我执着于这段感情，一次次地折腾自己。和他在一起的这三年，我们不停地吵架，伤害对方，他一次次地出轨，和别的女人玩暧昧，我一次次地原谅他，去接纳他。

"那时的我以为感情就是这样了，忍受他的脾气，忍受他的背叛，忍受他的各种不好，学会了弯腰低头，学会了顺从听话，也学会了委曲求全。这样做虽然勉强留住了爱情，但我过得并不快乐。我想要的是稳定，是惺惺相惜，是平平淡淡的幸福，而他给的却是大风大浪。"

说一万遍我爱你，不如好好在一起

我问："那后来呢？"

叶子说："直到我选择和他分手以后，我才知道一个人的生活有多好。再也不用为了他变得闷闷不乐，再也不用费劲地去讨好一个人。后来，我也遇到了那个能让我托付终身的人，他很宠我，很爱我，也很懂得尊重我。"

其实吧，人往往会因为心软，因为放不下，因为不甘心而去将就一段恋情，但做人有时候就需要洒脱一点，不行就分，坏了就换，生活嘛，开心就好。

何必委屈了自己，又换不来幸福。

3

有时候，爱情和友情一样，为了维系所谓的感情，总是费尽心思地让所有人都开心。

有一种朋友，就是你们在一起很久，也曾分享过彼此的秘密。你会主动去联系她，但是她从来都不主动联系你，高冷得就连朋友圈的互动也少得可怜。但她只要一有什么需要帮忙的事情，通常一个电话过来就急着要你帮她做这做那的。时间久了，你也会累，会忘了自己该怎么笑，毕竟生活本来就不容易，这年头谁心里没点情绪。

小小说，谁都不是天生的好脾气，只是因为重感情怕失去，所以懂得珍惜。

以前在微博上看到过一句话，说："有时候失望久了，反而会开出一朵花来，那朵花的名字叫'无所谓'。"

没有几个不行再来，也没有多少次坏了再修，感情淡了就散了，有些人散了就忘了。

你总要放下一些人，心里才能走进新的人。

4

趁年轻，要去没去过的地方，要吃没吃过的东西，要爱没爱过的人，要做没有做过的事情。

记住，这辈子千万不要浪费在错的人身上，得不到回应的爱要懂得适可而止，因为你只有好好爱自己，才有余力去爱别人。

朋友说，一段坏的感情只会让你沉沦，让你所有的坚持最后换来地只有沮丧，它会不断地消耗你的正能量，让你对自己绝望，对爱情绝望。

其实一个人的选择很重要，选择过什么样的日子就会有什么样的未来等着你。

感情就是这样，不行就分，坏了就换，不将就，才能好好地过这一生。

说一万遍我爱你，不如好好在一起♡♡

一首歌从深情唱到敷衍，坏掉的卡带倒不回从前。

我那么酷的一个人，不等不该等的人，也不爱不该爱的人。

要走的人血液里都带着风，等不到他的晚安就别等了

"你要等一个爱你宠你会珍惜你的人，
而不是去等一个只会让你哭、
让你失望、让你心碎的人。"

1

某天，朋友燕燕喝多了，矫情地和我说，她喜欢的那个人已经一星期没给她发任何信息了。

原来前段时间燕燕认识个男生，对她各种关心、各种撩，动不动就说："宝贝，我想你了，一起吃个饭吧"；"听说你感冒了，我给你买了药记得吃"；"上次的音乐节记得你感兴趣的，我买了票一起去看吧"。

都说女生很容易会为对她好的人动心，燕燕说，起初对他的那点三分钟热度很快就上升到了一种依赖。生活上大大小小的事情都会习惯性地和他讲，心里一有点小情绪第一个想到的人也是他。

有人说，当爱变成依赖的时候，就会变得很可怕，你会离不开他，怎么甩都甩不开。

燕燕说:"也不知道从什么时候开始,他就变了,我对他越来越主动,他却对我越来越冷淡,发给他的信息也总是隔天才回复我零星几个字。说实话,他对我越不上心我就越不甘心,我总是在等,在期待,虽然道理都懂,但就是无法接受他可能不爱我的事实。先主动的人是他,到了最后放不下的人却是我。"

要走的人血液里都带着风,等不到他的晚安就别等了。

2

爱你的人,舍不得让你等,不爱你的人,总说别等他。

小曼说,大概人生中最后悔和最不后悔的事情就是一直在坚持爱一个人。

明明知道他是个渣男,暧昧无数、备胎不断,可偏偏小曼就是不甘心,嘴里唱着"没关系,你也不用给我机会,反正我还有一生可以浪费"。可心里还是会莫名地难受,会对着他一次次地红了眼。

小曼说,别人的男朋友再忙都会陪自己女朋友,而自己的男朋友哪怕周末闲在家里看电视都不愿意出来陪她。

每次小曼发微信问他在干吗,他不是在吃饭就是在睡觉,但是打他电话他从来不接,和他吵架他也从来不会哄小曼,反倒像是小曼一个人在唱独角戏。

有一次，小曼因为他手机上出现的几条其他女生的暧昧信息和他吵架了，她一路越哭越伤心，他起初默默跟着也不哄小曼，但是等小曼转身的时候，发现他已经不在身后了。

那天，小曼给他发了条很长很长的微信，把他们两个人从认识到现在，她对他所有的期盼、所有的喜欢一字字地哭着发给了他。

也正是那天，小曼盯着手机整整守了一夜，也没能等到他发来一句解释，那一刻的小曼也只能用心如死灰来形容了。

有时候，爱错了人就像是在机场等一艘船，你耗尽了时间，耗尽了感情，到了最后非但一无所获，还对感情失望透顶。

3

"先说爱的人先不爱，后动心的人不死心。"

有个粉丝和我说，其实很多女生都比较慢热，习惯被动地接受，被动地等待，好不容易慢热了起来，男生却说一次分手就永远不回头了。

但可怕的是，慢热的人一旦爱上一个人就很难放下，明明知道对方已经不爱了，可就是忘不了，也放不下，宁愿选择傻傻地等。

有人说，这世界上既有绝情到让你惊讶的人，也有痴情到让你害怕的人，可以毫无条件地付出、等待，哪怕遍体鳞伤。因为在感情上，有时候放弃比坚持更痛苦。

但是你有没有想过，当一个人已经不爱你的时候，哪怕你变得再好，再光芒万丈又如何，不爱就是不爱了，你所做的任何努力都只是徒劳而已。

你对这段感情越期待，失望和伤害就越多，深情如果放错了地方就是空欢喜一场。

4

每个人都渴望自己在等的那个人，也在同样地等着自己。

小可说："我在等一个人，他会把我的照片设成手机屏幕，他会主动在朋友圈上和我秀恩爱，他会陪伴我度过每一个节日，给我带来许许多多的小惊喜和小浪漫，他会每天对我说晚安，他不会让我委屈和等太久。"

所以啊，你要等一个爱你宠你会珍惜你的人，而不是去等一个只会让你哭、让你失望、让你心碎的人。

如果他爱你，那么他又怎么舍得让你难过、让你不安、让你寂寞、让你一直地等。只有当他不爱你的时候，你的难过、你的不安，他才全都看不见。

还是好好爱自己吧，人家要是想找你的话，早就找你了。

等不到的人就别等了，深情要留给对的人。